# てのひらに未来

工藤純子

酒井以・画

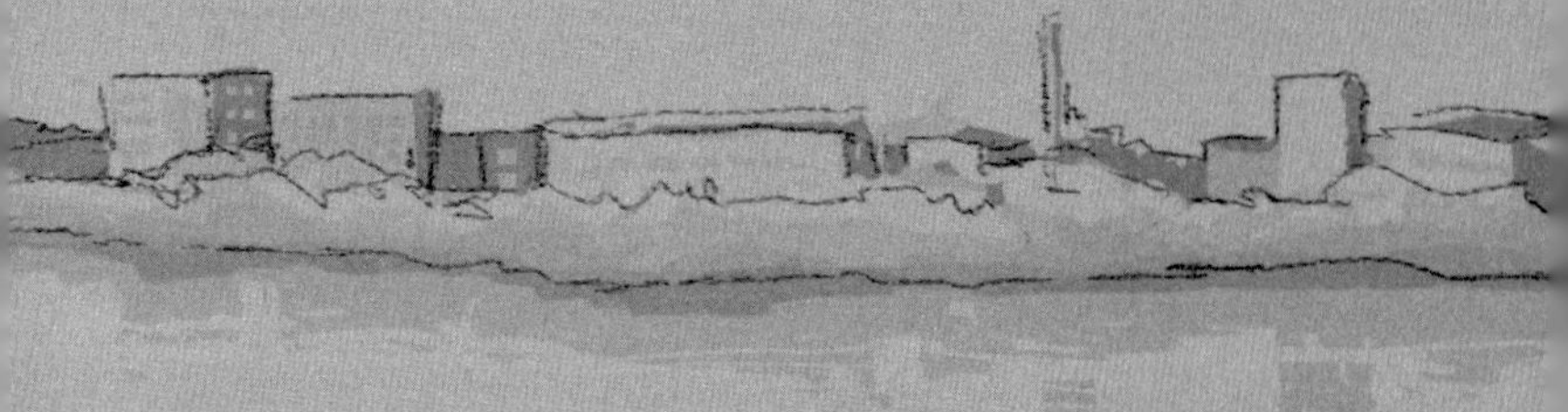

くもん出版

# てのひらに未来

目次

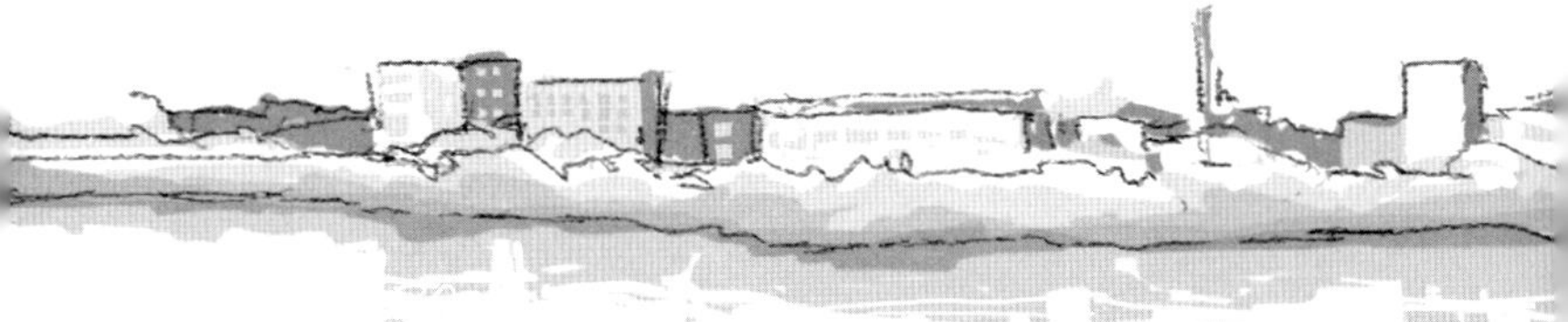

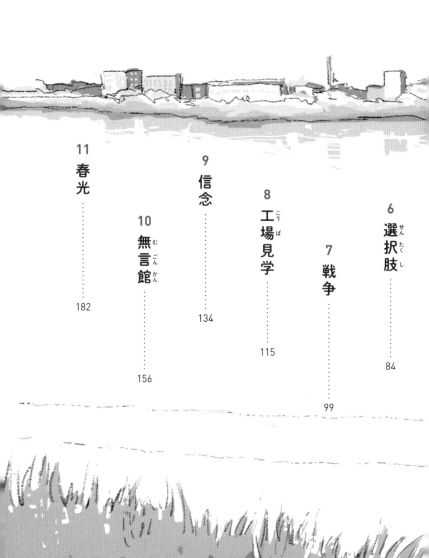

ふいに、目が覚めた。

髪《かみ》の毛《け》が、首のあたりにぺたりとはりついている。T《ティー》シャツに短パン姿《すがた》のあたしは起きあがり、部屋の窓《まど》をガラリと開《あ》けた。

梅雨《つゆ》が、まとわりつくような暑さと湿気《しっけ》を連れてきて寝《ね》ぐるしい。生《なま》あたたかい空気はそよりともせず、夜の闇《やみ》だけがひっそりと忍《しの》びこんできた。

家々の明かりはほとんど消えているから、きっともう真夜中すぎなのだろう。

しずかだなと思い、ふぅっと息をつく。

むし暑さの中に、機械油のにおいがわずかにただよっていた。

このあたりは、住宅街《じゅうたくがい》の中に小さな町工場《まちこうば》が点在《てんざい》している。東京にこんな町があるのかと驚《おどろ》く人もいるけれど、この地域《ちいき》の歴史は古い。

多いときは、九千もの工場《こうば》があったという。今では約半分にへってしまったけれど、それでも昼間は、いつもどこかで機械音が鳴りひびいている。

カッシャン、カッシャンと、ピストンが動く音。

キュイイイーンと、金属《きんぞく》がこすれあう音。

小さいころは、うるさくていやだった。今も好きじゃないけれど、以前にくらべ、その音はへってきた。

気がつくと、工場のシャッターが次々と閉《し》まったままになっていて……それはそれで、さびしいような気がする。

街灯《がいとう》の明かりに照らされて、うちの工場の輪郭《りんかく》がぼんやりとうかんで見えた。

佐々川精密《さ さ がわせいみつ》工業。

創業《そうぎょう》八十年。お父さんで三代目。ひいおじいちゃんが、たった三人ではじめた小さな工場だ。それを何度も建てかえたり増築《ぞうちく》したりしながら、従業員《じゅうぎょういん》もふえてつづけられている。いかにも古びたその建物は、コンクリート部分にヒビが入っているし、鉄筋《てっきん》のところは錆《さ》びていた。

人件費《じんけんひ》の安い海外の工場《こうじょう》に、注文をもっていかれている。便利で効率《こうりつ》のいい機械は高すぎる。そのうちこの町から、職人《しょくにん》も機械音も消えてしまう日が来るかもしれない……。

そんなことを思いながら、ぼーっと空をながめていた、そのとき。

月のない空が、ぴかっと青白く光った。

目を見開き、息が止まる。

光の帯が闇《やみ》を切りさき、破裂《はれつ》するように明るくはじけとんだ。

あれは……。

数年前の記憶《きおく》がよみがえり、ぞくっとする。

日本の近海にミサイルが落下したときの映像が頭をよぎった。それは、あんなふうに青白い閃光《せんこう》を放って、軌跡《きせき》を描《えが》いていたはず。

他国からとんできたミサイルが、ときに日本をこえ、ときに日本の排他的経済水域《はいたてきけいざいすいいき》に落ちて……連日大きなニュースになった。

当時小学生だったあたしは、だれよりも臆病《おくびょう》で、いつもびくびくしながら空を見上げていた。

登下校でふとした瞬間《しゅんかん》、道にひとりとりのこされたとき、あわてて人がいるところまでかけていったことを覚えている。

もし、家族とはなれているときに、ミサイルが落ちてきたら……。

もし、町が火の海になり、家族とばらばらになったら……。

漠然《ばくぜん》とした不安は無限《むげん》に広がり、恐怖《きょうふ》でいっぱいになった。

ふたたび、あのときの思いがおしよせてくる。

あたしは窓《まど》を閉《し》め、鍵《かぎ》をかけ、布団《ふとん》の中にもぐりこんだ。

タオルケットの中からじっと耳をすませたけれど、消防車《しょうぼうしゃ》の音も、人の叫《さけ》び声《ごえ》もきこえない。家族のだれも起きてこない。

町は、何ごともなかったようにしずかだった。

# 1 火《か》球《きゅう》

八畳《じょう》の和室に、すりガラスを通して乳白色《にゅうはくしょく》の光がさしこんでくる。

六月の半《なか》ば、雨がふったりやんだりしながら、気温も日に日に上昇《じょうしょう》していた。

「ほんとうだよ。ミサイルみたいなのが、夜中に落ちてきたんだから」

時代おくれの丸いちゃぶ台をかこんで朝食をとりながら、あたしは家族に訴《うった》えた。

「ミサイルねぇ。それよりも、そんな夜中に起きてちゃダメじゃない」

お母さんは、あたしの話をききながしている。

「天馬《てんま》くん、おかわりいらない？」

「あ、それじゃあ。この卵焼《たまごや》き、うまいっす」

あたしの目の前で、空《から》の茶椀《ちゃわん》と湯気《ゆげ》の立った茶椀が行ったり来たりする。

「そういってくれると、作りがいがあっていいわぁ。それにくらべて琴葉《ことは》も裕太《ゆうた》も、何もいわずにお腹《なか》に入れるだけで、つまらないったら……」

やっぱり、きいてくれてない。

あたしはあきらめて、ぐっとお茶を飲みほした。

トントンと、肩《かた》をたたかれる。

「あれ」

隣《となり》で朝ご飯を食べていた天馬が、テレビを指さす。

「昨夜未明《さくや》、東日本から西日本にかけての広い範囲《はんい》で、光を放つ物体の落下が目撃《もくげき》されました。これは火球《かきゅう》とよばれており、隕石《いんせき》が大気圏《たいきけん》に突入《とつにゅう》するときに光を放つもので……」

「火球？」

暗い空に、大きい流れ星のような青白い光の映像《えいぞう》がうつっていた。

「わぁ、きれいだねぇ。お姉ちゃん、これ、見たの？　いいなぁ」

裕太《ゆうた》が無邪気《むじゃき》に笑う。

「あらぁ、こんなのはじめて見た」

お母さんものん気にいった。それは昨夜《ゆうべ》見たものと同じはずなのに、明るい部屋でみんなと見ると、危険《きけん》なものには見えなかった。

「ミサイルじゃなくて、よかったな」

天馬がぼそりといって、「ごちそうさま」と茶碗《ちゃわん》をもって立ちあがった。

「あ、あんなの見たら、だれだってまちがえるよねぇ？　ね？」

同意を求めているうちに、ニュースは次の話題にうつっていった。

「天馬、先に行って準備《じゅんび》をしておけ」

「はい、社長」

天馬がこたえ、お父さんよりも先に家を出ていった。

うちの工場《こうば》は、金属《きんぞく》部品の加工をしている。それらは数ミリ単位のものから、大人が数人がかりでかかえるような大きなものまであって、さまざまな部品をあつかっていた。

お父さんも天馬も、もう作業着に着がえていて、準備万端《ばんたん》という感じだ。紺色《こんいろ》の作業着の胸《むね》ポケットには、「天馬」とオレンジ色の刺繍《ししゅう》がしてあった。ほかの人はみんな名字なのに、天馬だけは、決して名字を使わずに名前でおしとおしている。

葛木《かつらぎ》天馬……うちの居候《いそうろう》。まだ十七歳《さい》なのに、働いている。

天馬がうちに来たのは、十五歳のときだった——。


あれは、ちょうど二年前の今ごろで、強い雨が降《ふ》る夕方だった。

工場の隣《となり》にあるうちに天馬を連れてきた大人は、ワイシャツにネクタイ姿《すがた》のきちんとした身なりの人だった。中学校の校長だというその人は、白髪頭《しらがあたま》でひょろりと背《せ》が高く、どこにでもいそうな人のよいおじいちゃんに見えた。

校長先生は少年に正座《せいざ》するようながして、自分も姿勢《しせい》を正すと、ちゃぶ台をはさんでお父さんとむかいあった。

空気がぴんっとはりつめて、雨戸がガタガタとゆれていた。

「どうかこの子を、ここで使ってやってはもらえないでしょうか」

ひざの上に手をおいた校長先生が、その細い腕《うで》をつっぱらせて身を乗りだした。

小学六年生だったあたしは、ふすまからのぞき見ながら、その子をじっと見つめた。

こんな時間に子どもを連れてくるなんておかしい。何かとんでもないことが起こりそうで、あたしはぐっと息をつめた。

「もちろん、最初は見習いからでけっこうです。使いものにならなければひきとります。身元はこちらに書いてあるとおりですが、わたしが保証《ほしょう》します。ちょっと荒《あ》れた時期もありますが、心根はやさしく、まじめな少年なんです」

校長先生はたたみかけるように、言葉のかぎりをつくして訴《うった》えた。ていねいな言い方に、お父さんは恐縮《きょうしゅく》している様子だ。

その子の髪《かみ》は、根元は黒いのに途中《とちゅう》から金髪《きんぱつ》で、毛先はかなりいたんでいた。着ている服もだらしなくうすよごれている。暗くにごった目は半分ふせられ、外の世界をいっさい受けいれないといっているようだった。

やりとりをききながら、子どもなのに働いていいのだろうかと、あたしはふすまの向こうに耳をすませた。

校長先生の話によると、その子は何度も「施設《しせつ》」というところからにげだしているという。にげだしたということは、何か悪いことをしたにちがいない。見かけからも、そんなふうにしか思えなかった。

「本人は働きたいといっていますが、今の日本では、この年でやとってくれるところはなかなかありません。おかしなところで働いて、人生を狂《くる》わせることにもなりかねない。社会から逸脱《いつだつ》してしまったらと思うと……残念でならないのです」

学校の先生といったら、勉強を教えるだけだと思っていたあたしは、ここまでしてくれるのかと感心した。

前髪《まえがみ》のすき間から、少年がこちらを見て、ふいに目があった。

だれも信じない。何も信じない。自分もどうなったってかまわないというような……絶望《ぜつぼう》的《てき》な目。そんなさすような視線《しせん》から、あたしは目をそらすことができなかった。

「どうか、この子を助けてあげてほしい。いろいろあって、気《き》の毒《どく》な子なんです」

校長先生は、ダメおしするようににじりより、頭を下げた。

少年の目が動いて、校長先生をにらむ。その目は、余計《よけい》なことをいうなと訴《うった》えていた。

「先生、頭を上げてください。わたしは、先生のおかげで今があるようなものですから。家をとびだし、行くあてもなかったわたしをすくってくださったのも先生だ」

あたしは、声を上げそうになった。

無口で気むずかしいお父さんが、家出をしたなんて信じられない。まさか、不良だったとか？

だとすると、このおじいちゃん先生は、問題のある子の面倒見《めんどうみ》がいい人なのかもしれない。

お父さんは少年を見て、書類に目を落とした。

「でも、いくらなんでも住《す》み込《こ》みっていうのは……。うちには、娘《むすめ》がいますから……」

お茶を出してお盆《ぼん》をかかえていたお母さんが、顔をくもらせる。

娘ときいて、どきっとした。

校長先生は何かをいいかけてのみこむと、小さな背中《せなか》を丸めて、そっと息をはきだした。

正座《せいざ》をしている少年のひざが、小刻《こきざ》みにゆれはじめる。

自分のことを無視《むし》して話が進められていることにイラついているようだ。

お父さんが顔を上げて、少年のほうに身体《からだ》をむける。

「金属《きんぞく》は、好きか？」

いきなりそれか……。

不器用でストレートな言い方に、あたしはため息をついた。もっと気のきいた言葉があるだろうと思う。

でも意外なことに、その子は顔を上げ、うつろだったその目には、かすかな光までさしこんだ。

「金属といっても、素材《そざい》はさまざまで、いろいろな部品に加工される。どんなに小さな部品も、機械にはかならず必要なものだから、ネジ一本だってバカにはできない。うちで作っているのは、そんなものだ」

朴訥《ぼくとつ》としたお父さんにしては長いセリフだった。でも残念ながら、金属に情熱《じょうねつ》を燃《も》やすのはお父さんくらいのもので、ふつうの人は興味《きょうみ》をもたないだろう。ましてや、あんな男の子に、お父さんの言葉なんて響《ひび》くわけが……と思いかけたとき。

「好きかどうかは、まだ、わからないけど……」

少年が、はじめて口を開いた。やっと意見を求められたことに、ほっとしているように見える。だから慎重《しんちょう》に、ひとつひとつ確認《かくにん》するように言葉にした。

「だれの世話にもならずに、生きていけるなら、なんでもいい」

何をいってるんだろう。子どもなのに、ひとりで生きていけるわけがない。

でも、少しだけ感動した。

あんなさびれた工場で働くなんて、鼻で笑われるだろうと覚悟《かくご》していたから。

見た目だけで、「きつい、きたない、きけん」の３Ｋに、「給料《きゅうりょう》が安い」というおまけまでつけて、勝手なイメージを作りあげている人は少なくない。そのせいで、工員を募集《ぼしゅう》しても若《わか》い人がよりつかないと、お母さんがなげいていた。

ボロい工場もこわいお父さんも苦手だけど、そこまでいわれるほど悪条件《あくじょうけん》じゃないことは、あたしだって知っている。

少年の好感度が、あたしの中でぐんっと上がった。

「でも、住《す》み込《こ》みなんでしょう？　琴葉が……」

お母さんは、まだそこにこだわっている。

「琴葉、来なさい」

大きな声でお父さんによばれて、目を見開いた。忍《しの》び足《あし》で廊下《ろうか》に出て、階段《かいだん》でタンタンタンと足踏《あしぶ》みし、たった今来たかのようにふるまう。

「お父さん、なあに？」

「琴葉は、この少年がうちに住むことを、どう思う」

お父さんは、なんの説明もせずにいきなりいった。

まさか、あたしがきいていたことを知っている？

あらためて、少年を見た。

どう思うって……。

「どっちでも、いいけど……」

こたえると、

「琴葉が決めるんだ」

と、きびしい声が返ってきた。

お父さんは、たまに、あたしの心をためすようなことをいう。そんなとき、優柔不断《ゆうじゅうふだん》なあたしはこまってしまい、だまりこむ。

まるで、少年の運命はあたしにかかっているといわれているようで……。そんな大切なこと、決められるわけがない。

だまりこんでいると、その子は目をふせ、わずかに首をふった。

「答えはわかっている」と、いわれたような気がした。

「あたしは……いいよ」

とっさにそうこたえて、あたし自身がびっくりする。

お父さんがうなずき、お母さんはため息をついた。

「では、まずはためしということで」

お父さんのひと言《こと》で、すべては決まった。

それからその少年……天馬はうちに住み、工場で働くことになったのだ。

家族がだれなのか、どこにいるのか、あたしは知らない。

帰るとき、天馬は「ありがとうございました」とていねいに頭を下げ、あたしにも小さく顔をふせた。

「ためしに」といった期間が、いつまでだったのかはわからない。でも、天馬は休むことなく、毎日きっちりと働いた。

はじめは口をきかなかった天馬が、ぽつりぽつりと話すたびに、だれもがほっとした顔をした。言葉を発したくらいで……と思うけれど、まわりからみとめられているほんとうの理由は、何よりそのまじめな仕事ぶりだとわかっている。そのおかげで、今では従業員《じゅうぎょういん》からもかわいがられていた。

お母さんも天馬に対する心配をいつのまにか忘《わす》れてしまったようで、「天馬くん、天馬くん」と、息子のように接《せっ》している。

「ほら、琴葉も早く食べて学校に行きなさい。遅刻《ちこく》するよ」

お母さんの声ではっとわれに返ると、テレビの中のアナウンサーがアップになった。

――世界の軍事支出の合計が、統計《とうけい》を開始した一九八八年以降《いこう》、過去最高額《かこさいこうがく》を記録しました。これは……。

「お姉ちゃん、ぼく、先に行くからね」

いつもいっしょに出ていく裕太《ゆうた》まで、ランドセルを背負《せお》って行ってしまった。

「あ、待って！」

あたしは急いで立ちあがった。

# 2 天《てん》馬《ま》

「琴葉《ことは》、おはよう！」

　席に着くと、同じ美術部《びじゅつぶ》のさよりがとんできた。

「ねぇ、コンクールの絵、何を描《か》くか決めた？　わたしはまだ迷《まよ》ってるんだよね」

　前の席にすわりこんで、話しはじめる。

　美術部では、希望者だけ、九月にある絵画コンクールに出すことになっていた。そのためには、夏休み中に絵を仕上げなければならない。

「あたしは、コンクールに出すつもりないから」

　そういうと、さよりは眉《まゆ》をひそめた。

「まさか琴葉まで、受験のほうが大事、なんていうんじゃないでしょうね」

「ちがうよ。あたしは、もともと絵が得意なわけじゃないし、美術部に入ったのも、たまたまだし……」

あわてて手をふると、さよりは「ふーん」と鼻をならした。

優柔不断《ゆうじゅうふだん》な性格《せいかく》は、部活選びのときにも影響《えいきょう》した。うちの中学は、かならずどこかの部に所属《しょぞく》しなければいけない決まりになっている。でも、仮入部《かりにゅうぶ》期間に決められなかったあたしは、幽霊《ゆうれい》部員が多いといわれている美術部《びじゅつぶ》にしか入れなかった。

絵を描《か》くのは好きだけれど、きちんと習っているさよりにくらべると、その差は一目瞭然《いちもくりょうぜん》で落ちこむ。

「さよりは絵がうまいから、美術系の学校に行くんでしょう？　あたしなんて何もないもん」

得意なものも、やりたいことも、夢《ゆめ》もない。何もない、からっぽ。

受験なんていわれても、どこを目指していいかもわからない。

まわりのみんなは、恋《こい》や部活や勉強に邁進《まいしん》しているのに、あたしはどれにも乗りおくれている。

「琴葉はどうしてそう後ろ向きなの？　わたしは琴葉の絵、好きだけどなぁ。なんとなく味があって、気持ちがこもってて」

「それ……ほめてる？」

味があるとか、気持ちがこもってるとか、すごくあいまいで適当《てきとう》な気がする。

「まぁ、たしかにわたしは絵がうまいけどさ、それで食べていけるほど、世の中は甘くないよ。その点、琴葉はいいじゃない。いざとなったら、家を継《つ》げばいいんだから」

「工場《こうば》を継ぐ？」

びっくりして、声が高くなった。

「そんなの考えたこともないよ」

「どうして？」

「あたし……油のにおい、苦手だし」

工場の機械油のにおいは、今でも好きになれない。

それでもさよりは納得《なっとく》しなかった。

「それくらいがまんしなよ。天馬《てんま》くんと結婚《けっこん》して、工場を継いでもらえばいいじゃない。天馬くん、カッコいいし、今から婚約しちゃえば？」

ぐっと言葉につまった。

予鈴《よれい》がなって、さよりがにやにやしながら去っていく。天馬と婚約だなんてありえない。

はじめ、天馬をなんてよぶか迷《まよ》った。

裕太《ゆうた》なんかは、すぐに「天兄ちゃん」なんてなついたけれど、あたしはお兄ちゃんなんてよべなかった。だからといって、「天馬くん」や「天馬さん」とよぶのも、なんだかちがう気がして……。

そんなとき、天馬のほうから提案《ていあん》があった。

「天馬で、いいから」

名前を呼《よ》びすてにすることは、親しみのしるしのようにとらえられがちだけど、天馬の場合はちがってきこえた。親しくならないため、一線を画すための、呼びすて……そんな感じ。

「じゃあ……、あたしは琴葉で」

おそらく天馬のほうでも、あたしをどうよんでいいか迷《まよ》っていたのだと思う。あたしだって、琴葉ちゃんなんてよばれたくない。

あたしたちは、呼びすてにすることで、たがいの距離《きょり》を保《たも》っている。

それをさよりに話したら、すぐさま工場まで見に来た。そして、陰《かげ》からこっそりのぞいた第一声が、「わたしの好み！」だった。

あたしには、そんな感情《かんじょう》はまるでない。

ただ、あの日。

「あたしは……いいよ」とこたえたばっかりに、天馬の運命をかえてしまったようで、責《せき》任《にん》を感じている。だから、天馬のことはずっと気になっていた。


その日の放課後、カバンをもって美術室《びじゅつしつ》にむかった。

あまり熱心ではないあたしが絵を描《か》こうという気になれるのは、さよりがいるおかげだ。

ドアを開《あ》けると、油絵のにおいがした。

同じ油でも、工場のにおいとはぜんぜんちがう。金属《きんぞく》によって、使う油の種類もちがって、ものによっては強烈《きょうれつ》なにおいがする。お父さんからただよってくるにおいから、今日あつかった金属を当てることができるなんていう特技《とくぎ》は、なんの役にも立たない。自分の鼻のよさがうらめしいほどだ。

せめて部屋くらいはいいにおいにしたくて、芳香剤《ほうこうざい》をいくつもおいたら、裕太《ゆうた》に「お姉ちゃんの部屋、くさい！」といわれた。

先に来ていたさよりは、もう絵を描きはじめている。三年生はほとんどいなくて、顔を出しているのは、美大附属《ふぞく》の高校を受験する先輩《せんぱい》くらいだ。その先輩とさよりが、仲《なか》よさそうに話している。

あたしも自分の道具をとりに行くと、デッサンをはじめた。教室のあちこちにグループができていて、おしゃべりをしながら描《か》いている。美術部《びじゅつぶ》は上下関係がきびしくないし、男女もまあまあ仲《なか》がいい。

「なぁ、火球《かきゅう》のニュース見た？　オレ、マジでミサイルかと思った」

そんな会話をききつけて、耳をそばだてた。

「こんなところに、ミサイルなんてとんでくるわけないよ」

「そうかなぁ。前にもあったし、いつ、どこにとんでくるかなんてわからないじゃん」

あたしと同じことを思っている人がいる。

「あのときはやばかったよね。うちのおじいちゃん、すごく心配してたもん」

「あー、昔の人はね」

「今は、そんなことにはならないだろ。国際的《こくさいてき》にも批判《ひはん》されるし」

「そうそう。ないよね」

みんな、他人事《ひとごと》のように話している。

「わたしは、興味《きょうみ》ないなぁ」

うーんと伸《の》びをしながら、女の子がいった。

「それより、受験とか自分の将来《しょうらい》のほうが気になるもん」

うんうんと、みんながうなずく。

あたしは、うなずく気にはなれなかった。

あのとき――日本の近くにミサイルが落ちた。

全国のいろんなところで、ミサイル攻撃《こうげき》されたことを想定した避難訓練《ひなんくんれん》がおこなわれたし、核《かく》シェルターが通常《つうじょう》の何十倍も売れた、なんていう記事が新聞にのっていたのも覚えている。

J《ジェイ》アラートの強烈《きょうれつ》な音は、今でも忘《わす》れられない。

あの音を、どう表現《ひょうげん》すればいいのだろう。

背中《せなか》がぞわぞわするような、不吉《ふきつ》な音。まだ保育園《ほいくえん》だった裕太《ゆうた》が、音をきいただけで泣きだしたのを覚えている。

あのとき心の中に、それまで感じたことのない、どろりとした恐怖《きょうふ》が生まれ、住みついた気がする。

さよりが、あたしの隣《となり》にやってきた。

「みんな、まじめに描《か》く気あるのかなぁ」

眉《まゆ》をひそめて、にらんでいる。

「さよりだって、おしゃべりしてたでしょ。高森先輩《たかもりせんぱい》となんの話をしてたの？」

あきれていうと、さよりは顔を赤くした。

「わたしは……長野《ながの》にある美術館《びじゅつかん》のことを教えてもらってただけだよ」

美術部に関係のあることだというように、ムキになっている。さよりと先輩の仲《なか》をあやしんでいたあたしは、「ふーん」とさぐるように見た。

「ほんとうだよ。高森先輩のお父さんの田舎《いなか》の近くに、戦時中に亡《な》くなった画学生《がかくせい》の絵が展示《てんじ》されている『無言館《むごんかん》』っていう、めずらしい美術館があるんだって」

「へぇ……無言館」

その、ききなれない名前をくりかえした。

「それより琴葉。美術展《びじゅってん》見学のお金、まだ払《はら》ってないでしょ」

「あ……ごめん。忘《わす》れてた」

「あと払ってないの、琴葉だけなんだからね。しっかりしてよ」

美術部の次期部長でもあるさよりは、ごまかすように言葉を重ねた。

先週、お母さんにいっておいたのに……最近、ずっと上の空だ。

帰ったらもう一度いわなくちゃと思っていると、さっきのグループは、もう別の話題でもりあがっていた。


帰るのが、すっかりおそくなった。

日が長くなった空は、木炭を塗《ぬ》りかさねるように、ゆっくりと暗くなっていく。

帰り道、さよりに誘《さそ》われて、商店街《しょうてんがい》に新しくできた雑貨屋《ざっかや》さんによってみた。きらきらしてファンシーで、いいにおいのするショップだ。

「いいなぁ。こんな部屋に住んでみたい」

さよりが、ゆっくりと店内を見回す。

「さよりの家はお金持ちだから、好きな部屋に住めるじゃない」

少しだけ、ねたみをこめていってみた。

「ダメダメ。天蓋《てんがい》つきのベッドにしたいっていったら、ダメっていわれたもん」

「あたりまえでしょ」

さよりのお父さんは、大手企業《きぎょう》の重役だ。毎日ぱりっとしたスーツを着て会社に行くお父さん像《ぞう》は、あたしのあこがれだ。

「琴葉こそ、社長令嬢《れいじょう》じゃない。天蓋《てんがい》つきのベッド、ねだってみたら？」

「社長令嬢って、それ、いやみ？」

さよりの肩《かた》を、とんっとついた。

さばさばした性格《せいかく》のさよりとは、小学校のころから仲《なか》がいい。

社長令嬢はまちがってないけれど、あたしは社長令嬢のような思いをしたことがない。

お父さんとお母さんは毎日のように仕事をしているから、友だちをまねいて、お誕生会《たんじょうかい》をやってもらったことがない。毎年サンタクロースが来ないのは、赤い衣装《いしょう》に油がついてはまずいのだろうと、幼心《おさなごころ》に思っていた。

「あたし、これ買おうっと。あと、これと、これ……」

さよりが、次々と手にとっていくのを横目に、あたしは財布《さいふ》の中身を計算した。

そういえば、今月のおこづかいもまだもらってない。

さんざん迷《まよ》ったあげく、サシェをひとつ手にとった。部屋においておくと、いい香《かお》りがする。

「ほんとうに芳香剤《ほうこうざい》が好きだねぇ」

さよりが、あきれたように笑った。

サシェを鼻に近づけて、深く息をすいこむと、バラのいい香《かお》りがした。

「うん、これに決めた」

あたしはそれを手にとって、レジにむかった。


それから、さよりと別れて時計を見たら、七時をすぎていた。

また、お母さんに小言《こごと》をいわれる。

重い足取りで家の近くまで来ると、工場の窓《まど》から明かりがもれていた。錆《さ》びた扉《とびら》から、そっと中をのぞいてみる。お父さんだったら、すぐににげるつもりだった。

「天馬……、まだいたの？」

顔を見て、ほっとする。

天馬が機械をひとつひとつのぞきこみながら、点検《てんけん》しているところだった。中に入りかけたあたしは、もわっとした空気にあわてて身をひいた。機械で熱くなった空気が行き場をなくして、工場の中がサウナのようになっている。

「また、雑用《ざつよう》をおしつけられたんだ……」

あたしは、同情《どうじょう》するようにいった。

朝は始業前に行って機械の電源《でんげん》を入れ、夕方には機械の点検《てんけん》と掃除《そうじ》をする。日中だって、材料《ざいりょう》を用意したりはこんだり、ときには買いものなんかの雑用《ざつよう》までたのまれて……それなのに、天馬は文句《もんく》ひとつたいわない。

「ちがうよ。だれかにいわれたわけじゃない。オレはまだ、追《お》い回《まわ》しだから」

追い回し……古くさい言い方だ。

その昔、見習いは先輩《せんぱい》のいうことをきいて、あっちこっち走りまわっていたらしい。だから、追い回しという。

直接《ちょくせつ》教わったりせず、技術《ぎじゅつ》は見て盗《ぬす》めというのも、そのころの慣習《かんしゅう》だ。今の時代、そんなことをいったらだれもついてこないだろうと思うのに、天馬は進んでそれを受けいれているように見える。

「こうやって点検していると、機械の構造《こうぞう》や細部がよくわかるんだ。作業をしているときは、そんな余裕《よゆう》もないからさ」

はじめは、優等生《ゆうとうせい》ぶっているだけだと思っていた。でもだんだんと、それが本心であるとわかってきて……。

手先が器用な天馬は、モノ作りそのものがあっているようで、金属《きんぞく》を見つめる目は生き生きとしている。

天馬は電源《でんげん》を確認《かくにん》し、重い扉《とびら》に鍵《かぎ》をかけると表に出てきた。

そして、おもむろに後ろポケットから丸めたノートをとりだすと、縁石《えんせき》にすわって何かを書きはじめる。わずかな明かりが照らすノートをのぞきこんだら、何やらびっしりと書いてあった。

図、グラフ、数字、記号……。あたしにはさっぱりわからないけれど、どうやら仕事に関することらしいとだけは、かろうじてわかった。

「仕事が終わっても勉強？　熱心すぎやしない？」

たまには、息をぬけばいいのに。お父さんの悪口でも、グチでもいってくれれば……と思うけど、あたしじゃ相手にならないのかもしれない。

「毎日、新しい発見があるんだ。だから書きとめておかないと、もったいない」

そんなふうにいわれると、返す言葉もなかった。

ふと、天馬の指先に目が行った。機械油で黒くよごれている。

「天馬、手をよく洗《あら》ったほうがいいよ。そのうち、お父さんみたいに落ちなくなっちゃうよ」

お父さんの指は、お風呂《ふろ》から上がっても黒いままだ。軍手をしているにもかかわらず、染《し》みこんだ機械油が、爪《つめ》のあいだやしわの一本一本に入りこんでいる。お父さんは気にしていないようだけど、あたしはすごく気になる。そのせいで、小学校に上がるくらいから、手をつながなくなっていた。

天馬はノートを閉《と》じると、はじめて気づいたというように、指先をじっと見つめた。

「そっか。社長の指の油、とれないのか……」

なぜかうれしそうなその顔を、不思議に思う。

「ひとつの技術《ぎじゅつ》を身につけるにも、十年以上かかるっていわれてるんだ。オレも、早く社長みたいになりたいよ。そしたら、自分の工場をもって……」

胸《むね》がざわついた。

目標にむかって、つきすすむ天馬。

なんの夢《ゆめ》もないあたし。

天馬はどんどん先に行ってしまう。ぜったいに追いつけない。あたしたちの距離《きょり》は、永《えい》遠《えん》にちぢまらない……そのことが、なぜかさびしい。

「それより琴葉、オレに用？　どうして家に入らないんだ？」

いわれて、はっと思いだした。お母さんに、帰りがおそいとしかられそうだったから、天馬といっしょに入れば安全だろうともくろんだのだ。

思いだしたら、余計《よけい》に情《なさ》けない気持ちになった。

「腹《はら》へった。早く帰ろう」

天馬は察したようにあたしの前に立つと、工場の隣《となり》の一軒家《いっけんや》にむかった。

瓦屋根《かわらやね》の古い和風の建物。そこに、お父さん、お母さん、裕太《ゆうた》、あたし、そして天馬が住んでいる。

# 3 けんか

夜、また火球《かきゅう》が落ちてくるんじゃないかと気になって、何度も寝返《ねがえ》りをうった。

つい、目が窓《まど》のほうにむいてしまう。

もんもんとした時間をすごしていると、枕《まくら》につけた耳に、ぼそぼそと話し声が入ってきた。

こんな時間に……お母さん？　お父さん？

ふたりの話し声が、夜中に動きまわるねずみのように、家中をかけめぐっている。

その声がはげしさをましているようで、あたしは心配になってきた。

そっと布団《ふとん》をぬけだして、忍《しの》び足《あし》で階段を下りる。お父さんとお母さんの寝室《しんしつ》から、明かりがもれていた。

部屋から、いいあらそう声がきこえてくる。いや、正確《せいかく》には、お母さんが一方的にお父さんをせめる声だ。

「支払《しはら》いが止まっているのに……」

「従業員《じゅうぎょういん》のお給料《きゅうりょう》はどうするの？」

お父さんの声は小さすぎてきこえないけど、お母さんの声から、だいたいのことは察しがついた。

今、うちの工場《こうば》は苦しいんだ……。

これまでだって、そんなことは何度もあった。しょせん、小さな町工場《まちこうば》だ。いいときもあれば、悪いときもある。

従業員は、十九人だけ。まわりには競争《きょうそう》相手もたくさんいるし、いつつぶれてもおかしくない。

今までは、職人《しょくにん》の技《わざ》とかいって、大手の企業《きぎょう》からも注文があったらしい。医療《いりょう》機器から宇宙航空《うちゅうこうくう》関連の部品まで作っていると、お父さんは誇《ほこ》らしげに語っていた。

でもきっと、とうとう職人の技も通用しなくなってしまったのだ。

あたりまえだ、と思うと同時に、どうしようとあせった。

さよりにいわれたお金のこと、財布《さいふ》の中身……。そういえば、今日先生からもらった封《ふう》筒《とう》の中には、給食費の口座《こうざ》のお金が不足しているという手紙が入っていた。

ああ……と、ため息がもれた。

こんなになるまで気がつかないなんて、自分で自分がいやになる。

へなへなと力がぬけてしまいそうで、あたしは階段の手すりをつかんだ。

「お姉ちゃん」

びっくりしてふりむくと、裕太《ゆうた》が眠《ねむ》そうな目で、すぐ後ろに立っていた。不安げな顔をして、あたしのパジャマのすそをつかんでいる。

「お父さんたち、ケンカしてるの？」

眠そうな目をしばしばさせながら、裕太がきいてきた。

「ケンカじゃないよ。もう寝《ね》なよ」

「でもぉ……」

神経質《しんけいしつ》なところがある裕太は、不安な様子をかくしもせず、何度も目をまたたかせた。

あたしは、思わず階段を見上げた。二階の廊下《ろうか》のつきあたりに、天馬《てんま》の部屋がある。天馬は気づいているのだろうか……。気づいてほしい気もするし、気づいてほしくないような気もする。

「注文を断《ことわ》っている場合？」

「ひきうければいいじゃない！」

お母さんの声が、はげしさをます。

事情《じじょう》がわからないから、余計《よけい》にいらいらした。でもとりあえず、裕太《ゆうた》をこの場から、はなさなくちゃいけない。

「裕太、部屋にもどろう」

「うん……」

部屋に行って、裕太を布団《ふとん》の中に入れると、あたしはその背中《せなか》をトントンとたたいた。

まだ小学三年生だから、仕事のことなんてわからないだろうけど、いつか裕太が工場を継《つ》ぐんだろうか。でも、裕太がお父さんみたいになるところなんて想像《そうぞう》がつかない。

その前に、工場がつぶれるかもしれないし……。

手を動かしながら、いろんな想像が頭の中をかけめぐった。

「お姉ちゃん、痛《いた》い……」

「あ、ごめん」

無意識《むいしき》のうちに力が入っていたようで、あわててゆるめる。

「どうして、お母さん、怒《おこ》ってたんだろう……」

夢《ゆめ》うつつで、裕太《ゆうた》がきいてきた。

「もう、寝《ね》な」

「お父さんは、悪くないのに……」

男同士だからか、なぜか裕太はお父さんの肩《かた》をもつ。

ガンコで無口な仕事人間。そんなふうにしか思ったことがないあたしには、どこがいいのかわからない。

それからしばらくして、スーッと寝息がきこえてきた。


次の朝は、いつものとおりだった。

昨夜《さくや》のできごとがなかったかのように、何もかわらない。

「早く食べちゃって」

お母さんは口うるさいし、お父さんはだまって新聞を広げている。あれはなんだったんだろうと、腹立《はらだ》たしささえ覚える。

あたしは、慎重《しんちょう》に観察した。今朝は、ご飯、味噌汁《みそしる》、卵焼《たまごや》き、サケの切り身。とくにまずしくなったとか、そういうことはないけれど……。

「ヨーグルトは？」

「は？」

「いちごのヨーグルト」

あたしの質問《しつもん》に、お母さんがお茶をそそぎながらこたえる。

「ああ、あれね。いつまでも子どもじゃないんだから。それに、なんとかっていう甘い成分が、身体によくないって」

ほんとうかな、と眉《まゆ》をひそめる。

「だいたい、和食にヨーグルトなんてあわないじゃない」

今までは、そんなこといわなかったくせに……。

「天馬くん、おかわりは？」

お母さんにいわれて、「じゃあ」と、茶碗《ちゃわん》をさしだそうとする天馬をじっと見た。

「……やっぱ、いいっす」

何かを察したのか、天馬が茶碗をひっこめる。

「ダメダメ、今日もたくさん働くんだから、たくさん食べなくちゃ」

お母さんは無理やり天馬の茶碗をうばいとって、いつも以上にご飯をもった。

裕太《ゆうた》を見ると、何もいわないけど元気がない。

「お母さん、給食費《きゅうしょくひ》の口座《こうざ》にお金をふりこんでおいて。それに、おこづかいと美術部《びじゅつぶ》のお金も……」

お父さんにもきこえるようにいった。

お母さんは「はいはい、わかりました」と、なんでもないことのように返事をする。そして財布《さいふ》からお金をとりだすと、「無駄《むだ》づかいするんじゃないよ」と、ひと言《こと》いうのも忘《わす》れなかった。

あたしは、もやもやした思いを胸《むね》の奥《おく》におしこんだ。


学校へ行く前に、気になって門から工場をのぞいた。ちょうど、入り口のあたりに天馬がいる。

「天馬！　て、ん、ま！」

小声でよぶと、天馬は顔を上げた。手をひらひらさせて手招《てまね》きしたら、天馬は後ろを気にしながら、いぶかしげな顔で出てきた。

「どうした？」

作業着に帽子《ぼうし》をかぶった天馬が、首をかしげる。あたしはあたりをうかがいながら、工場からは死角になる、桜《さくら》の木の下に連れていった。春にはみごとな花を咲《さ》かせるけれど、葉だけのこの季節は、ずいぶん地味に見える。

「ねぇ、今、注文ってへってるの？」

あたしは、単刀直入にきいた。

「んー、どうかなぁ」

「最近、生産数がへっているとか、機械の稼働率《かどうりつ》が低いとか……そんなことない？」

「……そういわれても」

天馬の返事は、のらりくらりとしてじれったい。

「琴葉《ことは》は……」

眉《まゆ》をよせて、天馬があたしを見る。そのまっすぐな瞳《ひとみ》にうろたえて、つい目をそらしてしまった。

「工場には、興味《きょうみ》がないんじゃなかったのか？」

「え……。そうだけど」

日ごろは見向きもしないのに、こういうときだけ口を出すなといわれたようで気まずい。でも、こっちは生活がかかっている。

「うちは、社長がいるからだいじょうぶだよ」

「だから心配なんじゃない」

あたしは口をつきだした。あの、ガンコで融通《ゆうずう》のきかないお父さんが社長じゃなければ、どれほど安心かわからない。

「な、何よ」

怒《おこ》っているあたしの顔を見て、天馬がプッとふきだした。

「へんな顔……あひるみたい」

「あ、あひるって！」

むっとして、眉《まゆ》をひそめる。

「天馬は、お父さんを買いかぶりすぎてるよ。今に、痛《いた》い目見るからね」

おどかすようにすごんでみても、天馬には通じない。

「琴葉こそ、社長のすごさがわかってないよ。社長はひと目見ただけで、金属《きんぞく》のゆがみやわずかなずれを見ぬいて、ミクロン単位の誤差《ごさ》を修正《しゅうせい》できるんだ」

ミクロン？　一ミクロンは、千分の一ミリだっけ？

「そんなのは、知らないけど……」

「そう、想像《そうぞう》もつかないだろ？　神の領域《りょういき》だよ！」

気持ちがたかぶってきたかのように、天馬の頬《ほほ》に赤みがさし、勢《いきお》いがます。

「千分の一ミリ、一万分の一ミリって世界、考えただけでゾクゾクしないか？」

「別に……」といいかけて、のみこんだ。

「社長だけじゃない。うちの工場には、それぞれ力の長《た》けた職人《しょくにん》がたくさんいるんだ。早くそんな人たちの技《わざ》を盗《ぬす》んで、身につけたい」

日ごろからお父さんは、「手は宝《たから》」なんていっている。あたしにはよくわからないけれど、天馬はもうその意味を理解《りかい》しているようだ。

ここまで金属《きんぞく》を好きになるなんて。これじゃあ、まるで……。

「お父さんみたい」

非難《ひなん》めいた口調でいった。

それでも、天馬にはその皮肉が通じないようだ。

「うちだけじゃない。この町には、小さくても高い技術《ぎじゅつ》をもっている工場がたくさんあるんだよ」

天馬の熱は、うちの工場にとどまらず、町全体に広がった。

「琴葉は、『仲間回し《なかままわ》』って知ってるか?」

きかれて、首をふる。

「たとえば、うちでできない加工があったとき、別の工場にお願いするんだ。小さい工場でも、仲間同士で助けあえば、どんな大企業《だいきぎょう》にも負けない。『高台から図面を紙飛行機にしてとばせば、製品《せいひん》になってもどってくる』なんていうたとえ話もあるくらい、この町には、金属《きんぞく》加工のあらゆる工場と職人《しょくにん》がそろっているんだよ」

「はぁ……」

天馬が熱くなればなるほど、あたしの気持ちは冷《さ》めていった。

「だからオレは、何があっても社長についていく。そう決めたんだ」

天馬とあたしのあいだには、温度差があって、まるでかみあわない。

そんなにすごいなら、どうしてうちにはお金がないの?

どうしてお父さんは、お母さんにせめられているの?

「な、だから琴葉は、なんの心配もすることはないんだ」

小さな子どもに教えさとすように、天馬はいった。

そこへ、従業員《じゅうぎょういん》の中でいちばん年配の篠田《しのだ》さんが、「やぁ、琴ちゃん、おはようございます」といいながらやってきた。お父さんよりもずっと年上の篠田さんは、おじいちゃんのころからの従業員で「師匠《ししょう》」なんてよぶ人もいるくらい、みんなからたよりにされている。

「あ、おはようございます」

あたしはさっと身をひくと、天馬からはなれた。

「あの、これは、なんでもなくて……」

ふたりでいるところを見られて、あたしはあわてた。でも、篠田さんは首をかしげるだけで、あたしを見てから、腕時計《うでどけい》を見る。

「まだ、だいじょうぶなんですか？　学校」

そういって、時計の文字盤《もじばん》を見せてくれた。時計の針《はり》は、八時二十分をさしている。

「あー！」

あたしは、目を見開いた。

「い、行ってきます！」

すっかり時間を忘《わす》れていた。走りながら、「もう！」と声にする。

天馬と話してみると、心配しすぎなのかな……という気もした。

でも……。

お金、工場、真夜中のケンカ……それらが重なりあって、気持ちが重く沈《しず》みこんでいく。

そんな不安をふりはらうように、地面をける足に力をこめて、ぐんとスピードを上げた。

# 4 銀行

土曜日、今にも雨が降《ふ》りそうな空だった。青みがかった灰色《はいいろ》の雲が、ずっしりと重くのしかかってくる。

工場《こうば》は、日曜日と隔週《かくしゅう》の土曜日がお休みで、今日は出勤日《しゅっきんび》だ。

学校が休みのあたしは、パジャマ代わりのT《ティー》シャツに短パンを着たまま、部屋で机《つくえ》にむかっていた。

スケッチブックに定規《じょうぎ》で線をひいてみる。シャーペンの先が、細い線を描《えが》いた。

これは〇・五ミリだ。千分の一ミリ、一万分の一ミリなんて、想像《そうぞう》もつかない。

そんな世界で仕事をしているのかと思うと、気が遠くなるようだった。

ミクロンの世界をあきらめて、あたしはスケッチブックに絵を描《か》きはじめた。

コンクールの絵はどうしよう。今からでもまにあうけれど、題材《だいざい》が見つからない。どうしてもこれを描きたい、というものがない。

そのとき、玄関《げんかん》でインターホンがなった。

こんな時間にだれだろう。

「朝早くに申しわけございません。佐々川《ささがわ》社長が、まだこちらだとおききしたものですから……」

玄関から、声がきこえてくる。お母さんの応対《おうたい》がぎこちない気がして、あたしは部屋から顔を出した。工場仲間《なかま》の人だったら、あんなていねいなもの言いはしない。現場《げんば》がうるさいせいか、声が大きくて荒《あら》っぽいおじさんが多い。

階段《かいだん》の上からのぞきこむと、スーツを着た男の人がふたり、黒革《くろかわ》のカバンをもって玄関に立っていた。ていねいでやわらかいもの腰《ごし》だけど、笑顔なのに、メガネの奥《おく》の目は笑っていない。

茶の間から、お父さんが出てきた。

「事務所《じむしょ》のほうへどうぞ」

お父さんが先に立って表に出ると、ふたりはあとからついていった。お母さんは心配そうな顔で、玄関から首をのばしている。

「とうとう来たか……」

そんなつぶやきがきこえた。

とうとう……？

それをきいて、ピンと来た。

スーツを着てくる人の中には、いろんな人がいる。取引先の人もいるけれど、それなら

お母さんがあんな顔をするはずがない。

五年くらい前にも、同じように緊迫《きんぱく》した空気を感じたことがある。銀行の人が来て、貸《か》したお金を返すようにと、うちの居間《いま》で話していた。

あのとき、不穏《ふおん》な空気を感じとり、早く帰るように裕太《ゆうた》とさわいだ覚えがある。

その後、うちはなんとか切りぬけたようだけど、親しくしていた工場が倒産《とうさん》して……。

新しい機械を入れたり、事業を拡大《かくだい》したりするために、銀行に借金をすることがある。経営《けいえい》がうまくいっているうちはいいけれど、苦しくなると、銀行はお金を取り立てに来る。

「倒産」という二文字が頭にうかんだ。

「あれ、銀行の人だよね？」

階段《かいだん》を下りて、お母さんにきく声が上ずった。

「さぁ……どうかな」

ごまかそうとするお母さんの声もかすれている。

「うちの工場、やっぱりピンチなの？」

「子どもが、そんな心配しなくていいの」

なおもはぐらかそうとするお母さんに、食いさがった。

「心配に決まってるよ。工場、つぶれるの？　ねぇ！」

「琴葉《ことは》、やめろ」

いつのまにか、後ろに作業着を着た天馬《てんま》が立っていた。

「オレが見てくる。まかせろ」

そういって出ていこうとするから、とっさにあたしもサンダルをつっかけた。

「あたしも行く」

「ちょっと、琴葉。そんな格好《かっこう》で」

お母さんに止められたけど、あたしは天馬を追いかけて、玄関《げんかん》をとびだした。

いったん家を出て、工場の門から入ると、お父さんたちが二階の事務所《じむしょ》の中に入っていくのが見えた。天馬もそのあとを追いかけて、階段《かいだん》にむかっている。

「ついてくるなよ」

「ここは、うちの工場だもん！」

とにかく、ほんとうのことが知りたい。顔をしかめる天馬といっしょに、階段《かいだん》をかけあがった。

閉《と》じられたドアの前で立ちどまると、すぐ横に開いている窓《まど》を見つけて、その下にふたりでかがみこんだ。

「ごぶさたしております。最近、いかがですか？」

そんなあいさつからはじまって、「ほほう」とか「なるほど」なんて世間話をしているけれど、空気はどこかぴりぴりしている。そんな話をしにきたんじゃないことはあきらかで、やがて本題に入りはじめた。

「いやぁ、実は、みょうなうわさを耳にしまして」

銀行の人が、さぐるような口調で切りだす。

「佐々川《ささがわ》さんへの注文が、最近へっているとか。その原因《げんいん》が、大手からの注文を断《ことわ》ったせいだというじゃありませんか」

天馬の作業着をつかんだあたしの手に力が入った。

「なぜです？　ずいぶん大口で、おいしい仕事だったそうじゃないですか」

ねちっとした、いやな言い方だ。そしてもうひとりも、追いうちをかけるようにつづける。

「断《ことわ》ったせいで、今までの注文もキャンセルされ、他社からの注文までへったときいたのですが」

「それは関係ありません。たまたま、ということでしょう」

お父さんはひるむことなく、堂々といいはなった。

「そうですかねぇ……。わたくしどもは心配しているんですよ。そういうことが、以前倒《とう》産《さん》した、別の会社でもありましてね。大手を敵《てき》にまわすとこわいですから」

銀行の人の言い方は、敵なのか味方なのかわからない。

「うちも長年のお付き合いですから、佐々川《ささがわ》さんなりのポリシーがあるのはわかります。しかし、時と場合があるでしょう。なりふりかまっている場合じゃないときもありますよね？」

圧力《あつりょく》をかけるような問いかけに、場がしずまりかえった。息がつまるような沈黙《ちんもく》がつづく。銀行側が、しびれを切らしたようにたたみかけた。

「とにかく、今のままでは、貸《か》しつけたお金を返してもらわないといけなくなります。ご存じのとおり、銀行も統廃合《とうはいごう》が進んでおり……わたしもことと次第によっては、関連会社にとばされるかもしれないんです」

同情《どうじょう》を買うような口ぶりに、あたしは唇《くちびる》をかんだ。

「……銀行の方は、たいへんですな」

お父さんが、落ちついた口調でいう。

「わかっていただけますか」

ほっとするような声に、お父さんの抑揚《よくよう》のない声がつづいた。

「はい、わかります。金は数字におきかわり、右から左へ流れていくだけですから。しかし、わたしたちの工場で生まれるものはちがう。実体があり、人の手にわたり、役に立ちます」

天馬が、食いいるようにきいている。

「金は、人の役には立たないと？」

その声には、かすかな皮肉と自虐《じぎゃく》がこめられていた。でもお父さんは、その質問《しつもん》にはこたえずに、凜《りん》と声をはりあげた。

「職人《しょくにん》は、金のためだけに働くのではありません」

ゴホッと、咳払《せきばら》いがきこえた。

「まぁ、いいでしょう。うちは、返済《へんさい》さえきちんとしていただければけっこうです。くれぐれもよろしくお願いします」

怒気《どき》をふくんだ声とともに、椅子《いす》から立ちあがる音がした。

「では、失礼いたします」

あたしと天馬は、あわてて階段《かいだん》をかけおりた。

下に着くと同時に、ガチャリとドアが開いて、出てきたお父さんと目があった。

しまった……。

階段を下りてきた銀行の人たちは、あたしたちには目もくれずに帰っていった。

つづいて、お父さんが下りてくる。

天馬は気まずそうにうつむき、あたしはお父さんが何かいうのを待った。

「お父さんっ」

そのまま工場にむかおうとしたお父さんをよびとめた。ふりむいた表情《ひょうじょう》からは、何も読みとれない。

「今の……ほんとう？　注文、断《ことわ》ったの？」

「そんなことは知らなくていい」

すぐに背中《せなか》をむけようとするお父さんに「社長！」と、天馬も声を上げた。

「ひとつだけ教えてください！　どうして注文を断ったんですか⁉」

くやしくてたまらないといった表情《ひょうじょう》で、追いすがる。

「社長、いってたじゃないですか！　ほかではできない仕事をするのが、うちの自慢《じまん》だって。どんなにむずかしい仕事だってひきうけてきたのに、どうして！」

天馬が、こんなふうに感情をあらわにするのを、あたしははじめて見た。

「そうだ。なんだってひきうけてきた。それが、小さな工場のプライドだからな」

お父さんは、少しだけ顔をむけた。

「だが、ひきうけないというプライドもある。それは、町工場《まちこうば》にしかできないことだ」

ひきうけないプライドなんて……いいわけにしかきこえない。

「うちでできないなら、仲間回《なかままわ》しで助けてもらえばいいじゃないですか！」

なおも食いさがろうとする天馬に、お父さんはひと言《こと》「ダメだ」といった。

「どうしてっ」

あたしのサンダルが、砂利《じゃり》をふみしめる。

「お父さんのプライドのために、家族や従業員《じゅうぎょういん》はどうなってもいいの⁉」

話している最中なのに、お父さんが工場にむかう。なんの弁解《べんかい》もせずに行ってしまう。

追いかけようとすると、天馬に腕《うで》をつかまれた。

「ちょっと天馬、放してよ」

「今はダメだ。社長にだって……、きっと理由があるはずだ」

天馬だって納得《なっとく》いかないはずなのに、歯を食いしばっている。あたしは、そんな優等生《ゆうとうせい》にはなれない。あふれでてくる感情《かんじょう》を、おさえることができなかった。

「天馬には関係ない！」

あたしの腕をつかんでいた手をふりはらう。そして、ぎりっとにらんだ。

「家族でもないくせにっ」

天馬が、目を見開く。

あ……と、小さく息をのんだ。

目をそらした天馬の腕が、だらりと下がる。

「ごめん」

天馬のつぶやきに、あたしの視界《しかい》がぐらりとゆれた。

だって……そうでしょう？

家族じゃないでしょう？

だから、そんなに落ちついていられるんでしょう？

あたしは、声にならない言葉をなげかけた。

そして、じりじりあとずさると、天馬をふりきるように家にむかって走った。

玄関《げんかん》でサンダルをぬぎちらかし、一気に階段《かいだん》をかけあがる。「どうしたの？」というお母さんの声が追いかけてきたけれど、それも無視《むし》して部屋にとびこんだ。バタンと閉《し》めたドアに背中《せなか》をあずけ、くずおれる。

両手で、顔をおおった。

天馬の失望した顔、傷《きず》ついた目が、まぶたからはなれない。

そしてなぜか、天馬がうちに来て、はじめて笑った日のことを思いだした。

あれは、裕太《ゆうた》の誕生日《たんじょうび》だった。家族でハッピーバースデーの歌をうたって、裕太がケーキのろうそくを消したとき、天馬は顔をくしゃくしゃにして笑っていた。

まるで、はじめて誕生日を祝ってもらった子どものようだと思った。

どうして他人のことで、あんなによろこべるのかわからなくて……。

でも、それまで暗くてさびしそうな顔ばかりしていたから、その姿《すがた》を見てうれしかったことを覚えている。

「……どうしよう」

泣きそうな声が、口からもれた。

あんなことをいうつもりじゃなかったのに。後悔《こうかい》がつのり、その思いは、お父さんへとむかっていった。

お父さんが、きちんと説明してくれていたら……。

工場なんか、もうどうなってもいいと、投げやりな気持ちになった。

日曜日も、あたしは部屋から出なかった。

天馬は怒《おこ》っているだろうか……。

天馬のことだから、笑って許《ゆる》してくれるかもしれない。しょうがないなぁと、いつものように、大人のようなふりをして。でも、あたしがあたしを許せない。天馬にあんな顔をさせてしまった罪《つみ》は重い。

ご飯の時間をずらすことで、天馬と顔をあわせないようにした。いつまでも、そんなわけにはいかないとわかっているけれど、今だけは……。

机《つくえ》の上に宿題を広げても、ちっとも進まなかった。問題を解《と》こうとすると、いつのまにか別のことを考えていて、ため息をついている。

工場がつぶれて、家族がばらばらになったらどうしよう。

高校受験、できないかも……。だったら、勉強なんてしても意味がない。

悲惨《ひさん》な考えが次々とうかんだ。家の中の空気も、どんよりと沈《しず》んでいるように見える。

お母さんもぼんやりしているし、裕太《ゆうた》だって……。

考えて、はっとした。

そういえば、裕太はどうしているだろう。

家の空気を感じとって、お腹《なか》が痛《いた》くなったりしていないだろうか。

あたしはそっとドアを開《あ》けると、廊下《ろうか》をきょろきょろ見まわした。だれもいないことをたしかめて、向かいの部屋のドアを開ける。中に裕太はいなかった。

下の階かな、と、足をふみだすと、つきあたりの部屋から「きゃっきゃっ」と、はしゃぐ裕太の声がきこえてきた。

天馬の部屋からだ。

ゲームか何かしているみたいで「勝ったー！」とか、「ぼくの番ね」なんて声がきこえてくる。あたしは部屋に入り、そっとドアを閉《し》めた。

よかった……と思うと同時に、情《なさ》けない気持ちになる。

あたしは自分のことで精《せい》いっぱいな上、部屋に閉《と》じこもっているのに、天馬はちゃんと裕太《ゆうた》のことを気づかって、遊んでくれてたんだ。

わかってたのに……天馬はもう、家族みたいなものだって。

お父さんもお母さんも、息子のように思っているし、裕太はお兄ちゃんみたいに慕《した》っている。

じゃあ、あたしは？

わからない。天馬を家族と思っているのかどうか。もしかしたら、みんなから好かれる天馬に、嫉妬《しっと》しているのかもしれないとさえ思う。

ずるずるとすわりこみ、あたしはひざのあいだに顔をうずめた。

# 5 家族

月曜日は、うす曇《ぐも》りで、ねずみ色の空だった。日がさしてきそうなのに、重い雲がじゃまをして、光をさえぎっている。

「おはよう、琴葉《ことは》」

席についたとたん、かけよってきたさよりが口を閉《と》じた。眉《まゆ》をひそめて、あたしを見つめる。

「何かあった？」

すぐさまいいあてられて、のろのろと顔を上げた。

「どうして……わかったの？」

「何年友だちをやっていると思ってるの？　だいたい、琴葉はわかりやすいんだよ」

思いかえせば、いつだってさよりには、かくしごとなんてできなかった。気づいてほしいと、心のどこかで甘えているのかもしれない。

昨夜《さくや》はほとんど眠れなかった。目をつむると、天馬《てんま》のさびしげな顔がうかんでしまって……。

「元気出しなよ。話せば楽になるよ」

そんなふうにいわれて、ぽつりぽつりと話していたら、気がつくと土日のできごとをすべて話していた。話しおわると、さよりは、「問題は、ふたつだね」としずかにいった。

「ふたつ？」

「そう。ひとつ目は、工場《こうば》の問題。ふたつ目は、天馬くんの問題」

あたしにとっては複雑《ふくざつ》に入りくんだ問題も、客観的に見れば、そんなにシンプルに分けられるのかとがっかりする。

「工場のことは……お父さんの説明がたりないのはわかるけど、やっぱり何か、事情《じじょう》があるんじゃない？　だって、天馬くんがいってた、その、なんとかまわし」

「仲間回《なかままわ》し？」

「そう。それもしなかったってことは、よほどやっかいな仕事だったんだよ」

「でも、仕事を選べるほど、うちには余裕《よゆう》がないし……」

「今は、そのことは考えない。とにかく、深い理由がある気がする」

そういえば、天馬も同じようなことをいってたなと思いだした。天馬はまちがってなかったのかもしれない。それなのに、あたしは……。

また落ちこみそうになるあたしに、さよりがさらに追いうちをかける。

「そして、天馬くんの問題。これは、あきらかに琴葉が悪い」

はっきりといわれて、うなだれる。さよりのいいところは、いいにくいこともきちんといってくれるところだ。

「くわしくは知らないけど、天馬くんは、わけがあって琴葉の家に居候《いそうろう》しているんでしょう？　わたしたちと同じくらいの年から家族とはなれるなんて、さびしいと思うよ。それなのに、あんたは他人だなんていわれたら……」

「あの、他人じゃなくて、家族じゃないって……」

おずおずいうと、「同じこと」と、ぴしゃりとさえぎられた。

「琴葉はさ……自分がどれほどめぐまれているか、わかってないんだよ」

ため息をつかれて、ぽかんとした。

「めぐまれてる？　あたしが？」

「両親がいて、裕太《ゆうた》くんっていうかわいい弟もいて、家族みたいに接《せっ》してくれる工場の人たちがいて……。それってすごく、めぐまれてる」

さよりは、スンッと鼻をすすった。

「わたしはひとりっ子だし、うちは放任主義《ほうにんしゅぎ》だし、ご飯を食べるときだって、お父さんもお母さんもみんなばらばら。夜中までスマホをいじってても、しかってくれる人もいない。それってさ、案外さびしいことだよ」

豪華《ごうか》なタワーマンションで、三人家族っていうことは知ってたけど……。放任主義っていうのも、口うるさくいわれないのが、うらやましいなって思っていたくらいだ。

「友だちのことも成績《せいせき》のことも、ぜんぜん関心ないんだから。いやになるよ」

肩《かた》をすくめておどけるさよりに、いつもとちがう一面を見たようで……。

「さより、ごめん、あたし」

みんな、それぞれかかえているものがあるということに、今さら気づいたようではずかしい。

「ちょっと、相手がちがうでしょ。その言葉、天馬くんにいいな」

見ると、さよりの顔が赤かった。そっけないフリをしているけれど、あたしのために、自分の弱みをさらしてくれたことがありがたい。

「天馬くんは、もっと、ずっと……さびしいんだと思うよ」

「でも、天馬はしっかりしているし、ひとりでもだいじょうぶって顔をしているし……」

いいながら、ほんとうにさびしいのは、あたしのほうかもしれないと思った。

「ひとりでもだいじょうぶな人なんて、いないよ」

さよりの言葉が、じわりと胸《むね》にしみた。

天馬につきはなされたら……想像《そうぞう》しただけでこわい。こんな気持ちは、はじめてだった。


すぐにあやまろうと心に決め、あたしは足早に家にむかった。

帰りがけに工場をのぞいてみたけれど、もうだれもいないようで明かりが消えている。

「ただいまぁ」と、家に入ったとたん、

「天馬くん、どういうこと？」

居間《いま》から、お母さんの緊迫《きんぱく》した声がきこえてきた。

「何か気に入らないことでもあった？　ひとり暮《ぐ》らしをしたいだなんて……」

それをきいて、勢《いきお》いよく戸を開《あ》けた。

「何よ、琴葉。手も洗《あら》わずに」

お母さんがイラついた調子でいってくる。その前には、きっちりと正座《せいざ》した天馬がいた。

「天馬、ひとり暮《ぐ》らしってどういうこと？　あたしのせい？　あたしが、あんなことをいったから……」

身を乗りだしていうと、お母さんの眉間《みけん》にしわがよった。

「琴葉、まさかあなた、天馬くんに出ていけなんていったんじゃないでしょうね？」

「いってない！　あたしはただ……天馬は、家族じゃないって……」

いいながら、声がどんどん小さくなった。

「琴葉！」

お母さんのするどい声と同時に、天馬が立ちあがった。

「すみませんっ」

深々と頭を下げる。

「オレのわがままで、すみません。琴葉は関係ないです。前から、出ていこうかなって思ってて……」

「……どうして？」

声がふるえる。

「ここが、あまりにも居心地《いごこち》よすぎるから」

天馬が、こまったように眉《まゆ》をよせた。

「いつまでも居ついちゃいそうで……、そうすると、出ていくのがつらくなるだろうし」

モゴモゴと、言いわけのようにいう。

「だったら、ずっといればいいじゃない！」

「そういうわけに、いかないだろ」

そういってあたしを見る天馬の目は、思いがけずおだやかでやさしかった。

「人の好意に甘えてばかりいたら、ダメだなって……。それに、工場もやめさせてもらおうと思う」

え……。

天馬が何をいっているのかわからない。わかりたくない。

「ここで社会勉強をさせてもらったし、せっかくだから、ほかの仕事もしてみたいなと思って……」

天馬が、言葉につまる。

うそだ。

あたしは頭の中で、うそだとくりかえした。

「あんなに勉強してたじゃない。いつか、工場をもちたいっていってたじゃない。どうして、そんなうそをつくの？」

あたしのせいだ。どうあやまればいいのか、どうしたらとりけせるのかわからない。

天馬はうつむき、身体をふるわせていた。両手のこぶしをにぎりしめ、何かにたえているようで……。

そこへ、お父さんがやってきた。

「たいした理由もなく、工場をやめるなんて、許《ゆる》さん」

手にもっていた封筒《ふうとう》をやぶりすてる。そこには、「退職願《たいしょくねがい》」と書かれていた。

「天馬、おまえは一人前になったつもりか？　オレは先生と約束した。大人の約束だ。どんなに苦しくても、未成年の子どもを放りだすほど落ちぶれちゃいない」

上から押《お》さえつけるようなその口ぶりに、あたしは反発した。もとはといえば、お父さんが悪い。理由もいわず、自分勝手で……。

「えらそうに……あたしや天馬の気持ちなんて、ぜんぜんわかってないくせに！」

さけんで、懸命《けんめい》に涙《なみだ》をこらえた。お父さんの前では泣きたくない。泣いてなんかやらないと、何度もつばをのみこんだ。でも、お父さんはあたしをちらっと見ただけで、顔を天馬にもどした。

「天馬と同じ年のとき、オレは工場を継《つ》ぐのがいやで、家をとびだした。あてもなく町をふらふらしているところを、先生にひろわれたんだ」

お父さんが自分について語るのをきくのははじめてで、あたしは思わず耳をかたむけた。

そういえば、「先生のおかげで……」と、話していたことを思いだす。

「家に帰りたくないというオレを、自分の学校の生徒《せいと》でもないのに、先生は何日もアパートに泊《と》めてくれた。説教も説得もせず、飯《めし》と寝床《ねどこ》をあたえてくれたんだ。だから、先生との約束は絶対《ぜったい》だ」

「社長には、感謝《かんしゃ》しています。でも……」

なお迷《まよ》っている天馬に、お父さんはつづけていった。

「それだけじゃない。あの日、だれも自分をわかってくれないと訴《うった》えている天馬の姿《すがた》が、昔の自分を見ているようだった」

天馬が、はっと息をのむ。お父さんが天馬をひきとった理由は、先生への恩返《おんがえ》しだけじゃなかったんだ。

「だれかに迷惑《めいわく》をかけることをおそれるな。だれだって、だれかに迷惑をかけているんだ。いつか、おまえもだれかの面倒《めんどう》を見ればいい。そうじゃないのか」

あたしと天馬はうつむいた。

「ふたりとも、頭を冷やせ」

お父さんのきびしい声が、頭の上に降《ふ》ってくる。あたしは天馬の腕《うで》をつかんで、玄関《げんかん》にむかった。

「おい、琴葉……」

「頭、冷やそっ」

ためらう天馬を無理やりひっぱって、あたしは表に出た。

あたしと天馬は、工場の入り口にある非常灯《ひじょうとう》の下でひざをかかえた。湿気《しっけ》をふくんだむし暑い空気が、じっとりと皮膚《ひふ》にまとわりついてくる。

空を見上げても、星は見えない。雲の影《かげ》まで見える、うす明るい夜だった。

「天馬……ごめんね」

あたしは、宙《ちゅう》を見つめていった。目をあわせることができない。

「だから、琴葉のせいじゃないって。気にしてないから」

天馬が、ため息まじりにいう。

「だったら、どうして出ていくなんて……」

「いっただろう。居心地《いごこち》がよすぎるって。社長も専務《せんむ》もいい人だし、飯もうまいし……。

裕太《ゆうた》は、ほんとうの弟みたいでかわいいし」

「やっぱり、あたしのこと、きらいなんだ」

そこで区切ると、T《ティー》シャツの袖《そで》で額《ひたい》をぬぐった。あたしの名前だけ出てこない。

「そうじゃなくて……。オンナって、よくわかんないから」

こまったように、口をつきだす。天馬のこの顔はきらいじゃない。いつも大人みたいな顔をしているのに、このときだけは、小さな子どもみたいに見えるから。

「琴葉は、いいヤツだと思ってる。なんていうか、オレといちばん近い位置にいるし、なんでも話せたら、もっと楽しいだろうな、とか」

「そうなの？」

意外な言葉に目を丸くした。いつも子ども扱《あつか》いされてばかりで、天馬から相手にもされていないと思っていた。

「ただ、はじめに釘《くぎ》をさされたし、あまり仲《なか》よくならないほうが、いいんだろうなって」

あっ、と思いだす。

お母さんが、「うちには娘《むすめ》もいるし……」っていったこと、覚えてたんだ。

「あんなの、お母さんのほうが忘《わす》れているよ」

いいながら、胸《むね》がきゅっとした。

「ここは、ほんとうに居心地《いごこち》がいいよ。オレのうちはぜんぜんちがってたから、信じられないようなことばかりで」

「天馬の家族って……いるの？」

おかしな質問《しつもん》をしてしまった。

「あたりまえだろ。いるよ。母さんも、父さんも……ばあちゃんも」

少し笑った天馬の顔が、だんだんとこわばっていく。

「母さんの名前は、春鈴《しゅんりん》っていうんだ」

「シュン、リン？」

「うん。中国人なんだ」

中国人……。少しだけ驚《おどろ》いた。

「父さんの実家は、地元では名家だったんだよ。それで、中国人と結婚《けっこん》するなんてって、ばあちゃんが大反対したんだって」

そんなの差別だ。

「お母さん、かわいそう」

「でも、結婚するとき父さんは、『何があっても守るから』って母さんに約束して、ばあちゃんの反対をおしきって結婚したんだ」

「大恋愛《だいれんあい》だったんだね」

まるで映画のようだと、ため息が出る。

「いや、現実《げんじつ》はそんなに甘いもんじゃなかった。母さんは、ばあちゃんにいじめられてばかりで。中国人のくせにとか、息子をたぶらかしたとか、意地きたないとか……」

「ひどい」

あたしは眉《まゆ》をひそめた。

「でも、お父さんが助けてくれたんでしょう?」

そういうと、天馬はしずかに首をふった。

「父さんは……、ばあちゃんのほうが大切だったんだ。母さんに『気にするな』とか『いわせておけばいい』っていうだけで、ばあちゃんを止めたり、せめたりしなかったんだって」

ぽつりと、小さな雨粒《あまつぶ》が顔に当たった。

「ばあちゃん、オレにはやさしかったんだ。この家を継《つ》ぐのは天馬だよって。全部あげるからねって。でも、あの女には一銭《いっせん》もやらない、追いだしてやるって……。そんなことを、毎日毎日きかされて」

胸《むね》がしめつけられるように苦しかった。そんなの、子どもにいうことじゃない。

「それでも母さんは、我慢《がまん》してたんだ。明るくて、いつも笑ってて、近所の人にも好かれてたさ。ただ、ばあちゃんが出てくると、みんな家の中にひっこんじゃうんだ。だれも、母さんの味方になってくれる人はいなくて……あるとき」

声をつまらせて、天馬の顔がゆがんだ。

「もういいよ。いわなくていいから。思いださないで」

あたしのかすれ声に、天馬の声がかぶさる。

「ばあちゃんといいあらそっていた母さんが、階段《かいだん》から足をふみはずして……お腹《なか》の子が、死んだんだ」

「え……」

世界から、音が消えた。

細かい雨が落ちてきて、カーテンのようにあたしと天馬をつつみこむ。

小さくはりだした軒《のき》が雨をよけているのに、全身がひんやりと冷たくなった。

「オレさ、弟か妹ができたら、何かかわるんじゃないかって思ってたんだ。赤ちゃんがいたら、ばあちゃんもどならなくなるんじゃないか、家中に笑いがあふれるんじゃないかって。オレも、生まれてきたソイツを、うんとかわいがってやろうと……思ってた。だってオレ、もう、ひとりじゃなくなるし。アニキになるんだし」

天馬の声がふるえて、闇《やみ》の底に沈《しず》んでいく。

だから、あのとき……。

裕太《ゆうた》の誕生会《たんじょうかい》で、顔をくしゃくしゃにしてよろこんでいた天馬は、裕太を自分の弟と重ねていたのかもしれない。

「でも、それはオレの勝手な妄想《もうそう》だった。何があっても、ばあちゃんはかわらなかった。階段《かいだん》から落ちたことも、全部母さんのせいにして、『うちの孫をどうしてくれるんだ』って」

あたしは涙《なみだ》をこらえた。天馬が耐《た》えているのに、あたしが泣くなんて許《ゆる》されない。

「母さんは、実家に帰ることにした。オレのことは心配してたけど、オレはもう中学生だったし、日本語しか話せないし……。天馬はかわいがられているからだいじょうぶ、家にのこりなさいって……」

お母さん、帰っちゃったんだ。

そんなつらい思いをしたのだから、帰るのは当然だと思うけれど、のこされた天馬は……。

「オレは、どうしても納得《なっとく》できなかった。父さんもばあちゃんも、許《ゆる》せなかった。母さんを追いだしたことも、オレの兄弟をうばったことも」

天馬は、足元の砂利《じゃり》をてのひらでぐっとつかんだ。石が食いこんで、血の気が失《う》せるのもかまわず、自分をいためつけているように見える。

「毎日暴《あば》れて、家中めちゃくちゃにしてやった。自分をおさえられず、復讐《ふくしゅう》することばかり考えて、『殺してやる！』ってさけんで……。そしたら、ばあちゃん、『あんたはやっぱり、あの女の子どもだ、おそろしい』って……追いだされた。こわれたんだ、みんな」

おばあちゃんに追いだされるなんて、信じられない。天馬のお父さんは、天馬のことも守らなかったんだ。

あたしにもおばあちゃんがいたけれど、とてもやさしかった。いつも、あたしや裕太《ゆうた》のことを心配してくれたし、にこにこして……おばあちゃんという人は、みんなそんなものだと思っていたのに。

雨が降《ふ》るといつも、校長先生と来たときの天馬を思いだす。だれも信じない、だれもよせつけないというような、ぎらぎらした目だった。

もし、そのまま家にいたら、天馬の心は死んでいたかもしれない。

「天馬、血が……」

砂利《じゃり》をつかんでいるてのひらから、ぽとりと血がたれた。

「もう、やめて」

あたしは、天馬の指を一本一本はがすように、その手を広げ、砂利をはらった。ポケットからとりだしたハンカチで、てのひらをつつむ。その手が熱くて、あやうくて、はなすことができなかった。

天馬のゆるぎない、まっすぐな目。

あたしは、この目が好きだ。この目が笑っているとうれしくなるし、悲しんでいると泣きたくなる。

天馬は小さく「ごめん」というと、あたしの手をつつみこみ、そっとはなした。

そして、世界が音をとりもどす。

地面をたたく雨の音も、風にゆれる木のざわめきも、パチパチとはじける蛍光灯《けいこうとう》の音も、すべてが天馬にやさしくあってほしいと、願わずにはいられない。

天馬がうつむき、ふっと笑った。

「どうしたの？」

「いや、今さ……。ケガなんかして、まずいって思ったんだ。とっさに、仕事にさしつかえるかも、なんて思って」

はにかむように顔を上げる。

「昔のこと、だれかにいえる日が来るとは思わなかった。いつのまにか、いろんなことが過去《かこ》になっていて、オレにもちゃんと、今があるんだなぁと思って」

そういう天馬は、わざと明るくふるまっているように見えた。

「母さんとは、今でもメールで連絡《れんらく》をとりあっているんだ。母さん、元気になってきたんだけど、まだ……ばあちゃんのことを思いだすだけで、身体がふるえるんだって」

あたしは何もいえなかった。天馬のお母さんが受けた苦しみは、想像《そうぞう》もつかない。

「そのうち、母さんのところに行きたいなぁ。母さんの故郷《こきょう》は、この町よりもずっとでかくて、空が広いらしい」

天馬が空を見上げた。

さらさらと降《ふ》る雨は、すべてを洗《あら》いながそうとしているようで、梅雨《つゆ》の最後を思わせる。

「琴葉の家族はいいよ。すごくいい。みんなやさしいし、明るいし、楽しい。琴葉はあたりまえだと思っているだろうけど、それってあたりまえじゃないから」

天馬も、さよりのようなことをいった。

「あたし……、やっぱり、わかってなかったかも」

お父さんが、ほんとうのことを教えてくれないのも無理はない。

「なんだよ、急に」

「だって、こんな油くさい工場、きらいだった。スーツを着て会社に行くお父さんにあこがれたし、ご飯を食べている最中も、図面をにらんでいるお父さんがいやで……」

今思うと、どうでもいいことかもしれない。

「オンナって、そんなことを気にするんだなぁ」

天馬にあきれられて、顔をしかめる。

「天馬にはわからないよ……。あんな、ガンコで気むずかしい親」

ついこぼしてしまい、また同じことをいっていると思った。

「たしかにガンコだし、気むずかしいよな、社長」

ククッと笑いながら、天馬もうなずく。

「でも、一本筋《すじ》は通ってるんだ。きっと何か、理由があるんだよ。注文をひきうけなかった理由」

「うん……そうかもね」

「もう少し信じてみよう。きっと、何もかもよくなるよ」

ほんとうかな……。でも、今だけは信じたい。梅雨《つゆ》もそろそろ終わるだろう。

「本降《ほんぶ》りになったなぁ」

天馬が空を見上げて、はおっていたシャツをぬいだ。それをあたしの頭にふわりとかぶせると、自分はT《ティー》シャツのまま外にとびだした。

天馬は、心にたまった澱《おり》を洗《あら》いながすように、両手を広げて、全身で雨を受けとめた。楽し気な天馬の髪《かみ》から、雨のしずくがしたたりおちる。

「ほら、走るぞ、琴葉」

「え？　これ、いいのに！」

あたしもあわててあとを追った。やさしい雨を感じる。頭をおおった天馬のシャツから、ふわっと機械油のにおいがした。

なんだかせつなくて、泣きたいような気持ちになる。機械油のにおいも、いやじゃないと思った。

# 6 選択肢《せんたくし》

次の日は、昨夜《さくや》の雨に洗《あら》いながされて、町も空もきらきらとかがやいていた。生まれかわったようなその空は、あざやかな青。思ったとおり梅雨《つゆ》も明けたし、今朝の天馬《てんま》は、すっきりと明るい顔をしていた。

はずむような気持ちで学校に行こうとすると、また篠田《しのだ》さんに会った。

「あれ？　篠田さん、今日は早いですね」

「ああ、ちょうどよかった。琴《こと》ちゃんにもあいさつしたかったんです。お世話になりましたね」

篠田さんがていねいに頭を下げるから、あたしは眉《まゆ》をよせた。

「今月いっぱいで、工場《こうば》をやめることになりました」

「えぇ！　どうしてですか？　もしかして、定年？」

篠田さんは、工場の中でも最高年齢《ねんれい》だ。

「うちの工場には、定年なんてありませんがねぇ」

「だったら、どうして……」

びっくりして、言葉につまる。

「まぁ、いろいろありまして。今流行《はやり》の、あれにしてもらったんです。えっと、リス、リス……」

「リストラ？」

「そうそう、それ！」

篠田さんは、流行《りゅうこう》に乗れたのがうれしいとでもいうように顔をほころばせた。

「リストラって、クビってことじゃないですか！」

ぜんぜんうれしいことじゃない。

「まぁ、仕方ないです。わたしがいちばん年寄《としよ》りですから、順番ですよ」

「そんな、順番って……」

あたしは言葉を失った。

「あとは、若《わか》い人にまかせます。これからの時代をどうするか、決めていくのは若い人ですから」

まさか、天馬がやめようとしているのを察して……。

にこにこする篠田《しのだ》さんを見ていたら、じっとしていられなかった。

あたしはきびすを返して、家にむかった。

「お父さん、篠田さんをやめさせるってどういうこと!?」

ドアを開《あ》けるなりそういうと、身支度《みじたく》をすませたお父さんが出てきた。

少しも動じない様子に、一瞬《いっしゅん》ひるみそうになる。

「なんだ。朝からさわがしいな」

「さ、さわがしいな、じゃないよ。篠田さんは、いちばん長く工場で働いてくれている人だよ。お父さんの右腕《みぎうで》でしょう？　それをやめさせるなんて……」

「ほう。お前が、そんなに工場のことにくわしいとは知らなかったな」

いやみっぽい言い方に、カチンと来る。

「そ、そりゃあ、あたしは仕事のこととか知らないし、お父さんから見たら、子どもかもしれないけど……」

ちょっとだけ、ひいてみせた。あたしだって、いつまでもワアワアいっているだけの子どもじゃないってところも見せなくちゃ、みとめてもらえない。

工場で何が起きているのか、これからどうなるのか、あたしだって知りたい。お父さんをじっと見た。ぜったいに目をそらさないし、にげたりしない。

「あら？」

お父さんが口を開きかけたところへ、お母さんが手をふきながら顔を出した。

「琴葉《ことは》、学校に行ったんじゃなかったの？」

「そうだ、日直だった！」

せっかくのチャンスだったのに……。

あたしは、くるりと背《せ》をむけて、家をとびだした。


焼けつく日ざしに追いたてられるように、夏休みに入った。

いつもなら、工場の夏休みは、平日に三日間だけ。それが、今年は五日間ときいて驚《おどろ》いた。土日とあわせると、九連休になる。やっぱり仕事がないからだろうか。それとも、従《じゅう》業員《ぎょういん》に支払《しはら》う給料《きゅうりょう》にこまっているのかもしれない。

さよりは部活や旅行、塾《じゅく》の夏期講習《こうしゅう》と、いそがしそうな計画を教えてくれた。あたしも夏休みの予定をあれこれ考えてみたけれど、家族旅行の話題も出ないし、財政状況《ざいせいじょうきょう》を考えると、塾《じゅく》の夏期講習《こうしゅう》に行きたいなんてこともいえない。

コンクールの絵は、まだどうしようか迷《まよ》っていた。さよりは、天馬の絵を描《か》いたら、なんてからかうけれど……そんなの、ありえない。

学校の補習《ほしゅう》と部活だけの、のんびりした夏休みになりそうだった。

「天馬は、夏休みどうするの？」

夏休みのあいだくらい、手伝《てつだ》いをしようと朝ご飯のあと片《かた》づけをしていたら、天馬が隣《となり》でお皿をふいてくれた。

「どうするって……別に。帰るところもないし」

それをきいて、しまったと思った。

天馬は、家族と絶縁状態《ぜつえんじょうたい》だ。中国に行くといってもお金がかかるだろうし、だいいち、パスポートだってもってないだろう。

「ほら、りょ、旅行とか」

手をふりまわしたら、泡《あわ》がふわふわととんでいった。

「オレ、旅行するような友だちもいないし……。そっかぁ、みんな、夏休みは実家に帰ったり、旅行に行ったりするものかぁ」

天馬が、遠い目をした。

「いや、そんなことないよ。うちだって毎年、日帰りで海に行くくらいだし……」

あわてて、モゴモゴと口ごもる。

そういえば去年、天馬は風邪《かぜ》をひいて、家で留守番《るすばん》してたっけ……。

家にのこって看病《かんびょう》するというお母さんの申し出を断《ことわ》って、家族で出かけてほしいと天馬は懇願《こんがん》した。後《うし》ろ髪《がみ》をひかれながらも、楽しんでしまった自分が申しわけなくて、天馬にたくさんおみやげを買ってきたことを覚えている。でも、天馬がいちばんよろこんだのは、裕太《ゆうた》が海でひろってきた貝殻《かいがら》のコレクションだった。

今年こそ、天馬と旅行に行ければよかったのに……。

「やっぱ、あれだよね。夏休みは、家でゆっくり休むのがいいね」

苦しまぎれに、かわいた笑いでごまかした。

「まぁ、夏休みといっても工場見学もあるし、今回はオレも説明員になるから、やることはあるかな」

あ、そうか……。

工場の休み中に、工場見学祭りが当てられていた。それは、町をあげての特別イベントで、町工場《まちこうば》を開放し、職人《しょくにん》が仕事の説明をしたり、参加者にモノ作り体験をしてもらったりする催《もよお》しだ。

どんなものを作っているか、職人の技《わざ》とはどういうものか、一般《いっぱん》の人に知ってもらうとともに、若者《わかもの》の働き手を集めることをねらいとしている。

去年は手伝《てつだ》いをしていただけの天馬も、今年は説明員をやることになって、はりきっているように見える。

「天馬も参加するなら……あたしも見学しようかな」

祭りというだけあって、商店街《しょうてんがい》からも多くの屋台がならぶ。小さいころから、あたしはそちらばかりに気をとられ、工場見学にはまるで興味《きょうみ》がなかった。

「ああ、琴葉も来いよ。オレが案内するから」

今年の夏休みは何もないとあきらめていたのに、急に気持ちがはなやいでくる。うんと返事をしようとしたら、天馬が「あっ」とつぶやいた。

「そういえば琴葉、来年、受験生かぁ。勉強しなくちゃダメだな」

「だ、だいじょうぶだよ。一日くらい、どうってことないし……」

「いや、ちゃんとやっておいたほうがいいよ。琴葉、数学が苦手だろ？」

あたしの顔色をうかがいながら、いいにくそうにきかれた。

「一学期の終業式の日、ちゃぶ台に通知表が乗ってたから……」

「まさか、見たの⁉」

一学期の成績《せいせき》はさんざんだった。ちょうど期末テストのころ、家に不穏《ふおん》な空気がただよいはじめて、勉強に身が入らなくて。

「オレが、勉強見てやろうか？」

思いがけないことをいわれて、あたしは「え？」とききかえした。

「天馬、教えられるの？」

「おい、オレ、中学は出てるんだぞ。琴葉より年上なんだからな」

ちょっと心外というように、強い口調でいわれた。

「あ、そうだよね……でも」

中卒イコール勉強が苦手っていう図が、あたしの頭の中にうかんだ。

「オレ、数学得意だったぜ。秀研《しゅうけん》ゼミの全国統一模試《とういつもし》、いつも十番以内だったし」

全国で十番以内ときいて、もっていた皿が、手からつるりとすべりおちそうになった。

秀研ゼミは有名な進学塾《しんがくじゅく》で、あたしもさよりに誘《さそ》われて、全国模試だけ受けたことがある。全国だから、その人数は千人近くいて、あたしはちょうど真ん中くらいだった。平均《へいきん》的《てき》な人間なのだと、満足も落《お》ち込《こ》みもしなかったのに。

十番といったら、日本の中でもトップクラスの成績《せいせき》ということだ。

あたしは動揺《どうよう》をかくすために、ゆっくりと息をすった。

「ふーん……十番。なかなかやるじゃない」

はじめに見た、天馬の印象……金髪《きんぱつ》で、いかにも不良っていう見かけにだまされた。

でも、天馬はそれを自慢《じまん》するわけでもなく、「オレは途中《とちゅう》でドロップアウトしたけど、琴葉には、がんばってほしいからさ」なんていう。

「そ、そこまでいうんだったら、教えてあげてもらってもいいけれど？」

平静をよそおったのに、おかしな言い回しになった。

「よし、じゃあ、休みのあいだは勉強タイムを入れるってことで」

天馬がうれしそうに笑う。

「あ、ありがと……」

勉強が楽しみと思うのは、はじめてだった。

やがて工場が休みに入ると、お父さんは図面をにらむこともなく裕太《ゆうた》と遊んだ。お母さんも久《ひさ》しぶりに、ゆっくり休んでいるようだ。

あたしは数学の基礎《きそ》から天馬に教えてもらいながら、着実に問題集をこなしていった。ちゃぶ台をはさんですわる天馬の顔を、そっと盗《ぬす》み見る。

思っていたよりまつ毛が長い。鼻や唇《くちびる》の形も悪くない。もし、絵に描《か》いたら……。

「こら、きいてんのか？」

あたしの頭を、天馬がものさしでパシッとはたいた。

「ああ、はいはい、きいてるって」

「じゃあ、この問題、やってみ。AからBを通って、Cに行く道順は何通りある？」

あたしは気をとりなおして問題にとりくんだ。

四角形に格子状《こうしじょう》の道がたくさんあって、端《はし》の角がA、途中《とちゅう》にBがあり、Aの反対の角がCとなっている。

「あたしだったら、このいちばんわかりやすい道順で行くな」

何度も曲がりくねって複雑《ふくざつ》な道を行くより、シンプルなのがいい。たくさん道があったら、どこを通るか迷《まよ》ってしまいそうだ。

「あのなぁ。だれも、琴葉が行きたい道なんてきいてないから」

天馬があきれていった。

「あたし、組み合わせの問題って苦手……」

これが何かの役に立つのだろうかと、つい余計《よけい》なことを考えてしまう。

「何通りあるか数えるよりも、最短をひとつ覚えておけばいいんじゃない？」

「いや、選択肢《せんたくし》は、たくさんあったほうがいいと思うよ」

あたしのだらけきった質問にも、天馬はきまじめにこたえた。

「選択肢がないと、どんどん追いつめられる気がする。ほら、社長だって、選択肢があったから、工場を継《つ》ぐ気になったわけだし」

「え？　どうしてお父さん？」

いきなり出てきたお父さんのことに、きょとんとすると、天馬も「あれ？」という顔をした。

「いってただろ？　工場を継ぐのがいやで、家をとびだしたって」

「うん。それ、気になってたけど、あたしは理由とか知らないよ」

「……なんだ。てっきり、社長からきいてるかと」

天馬はまずいって顔をして、目をうろうろさせた。

「教えてよ」

「オレがいっちゃって、いいのかなぁ」

そういわれるとますます気になって、あたしは天馬につめよった。

「いいに決まってる。うちのお父さんが、自分の弱みをあたしにいうわけないじゃない！」

「弱みってわけじゃ、ないけど……」

天馬は、「しょうがないなぁ」と話しはじめた。

「社長って、三代目だろう？」

「うん。あたしは会ったことないけど、ひいおじいちゃんが工場をはじめたんだって」

そのあとを継《つ》いだ二代目のおじいちゃんも、あたしが五歳《さい》のときに亡《な》くなった。だからあまり覚えてないけれど、やっぱり指先が黒くて、その手でよく頭をなでられたのを覚えている。

「社長はひとりっ子だったから、あと継ぎとして育てられたんだって。それで高校生になったとき、卒業したら工場を継ぐようにいわれて」

「だから、家出したわけ？」

あたしがきくと、天馬はうなずいた。

「それで、校長先生が……当時はまだ中学の先生だったけど、たまたま見回りしていたときに社長を見つけて、自分の家に連れてかえったそうだよ」

「ふーん。中学の先生なのに、高校生のお父さんの面倒《めんどう》まで見るなんて……。それで、先生の家にしばらくやっかいになったんでしょう？　よくおじいちゃんが許《ゆる》したね」

若《わか》いころでも、きっとお父さんのことだから、ガンコであつかいにくい子だったにちがいない。そんなお父さんをあずかる先生もお人よしだけど、それを許したおじいちゃんもかわっている。

「先生が、社長の親を説得したんだよ。選択肢《せんたくし》がひとつしかなかったら、そこからにげたくなるのはあたりまえだって。選択肢は多いほうがいい。彼《かれ》の人生は彼のものだから、選ばせてやってほしいって」

お父さんの人生……。

そういえば、あたしも裕太《ゆうた》も、お父さんから工場を継《つ》げなんていわれたことは一度もない。それはもしかしたら、自分の経験《けいけん》からそうしているのかもしれない。

「大学に行ってもいいし、工場がいやなら、ほかの仕事をしてもいいっていわれたんだって」

「それで、工場を継《つ》いだの？」

天邪鬼《あまのじゃく》なお父さんらしい。

「いや、すぐにじゃないみたいだ。大学に行ってるあいだに留年《りゅうねん》もして、何年かかけて、考えたそうだよ」

「何年かって……」

「たぶん社長は、そのあいだにいろんな選択肢《せんたくし》をさがしたんだ。そしてその中から、いちばんいいと思ったものを選んだんじゃないかな。それしかないのと、それを自分で選んだのとでは、ぜんぜんちがうと思うから」

あたしは、数学の問題を見つめた。

優柔不断《ゆうじゅうふだん》は欠点だと思っていたけれど……。

AからBを通って、Cに行く。行く場所は同じだけど、行き方はいくつもある。

選択肢は用意されるものではなく、自分で見つけるものなのかもしれない。

天馬もあたしにつられて問題を見つめると、われに返ったように口を開いた。

「うわっ、しまった！　ぜんぜん進んでないじゃん。めちゃくちゃ脱線《だっせん》した」

「まぁまぁ、いいよ。たまには」

「バカ。琴葉は脱線が多すぎるんだよ」

天馬はそういうけれど……選択肢《せんたくし》と同じくらい、脱線だって大切だと思う。

脱線の中にも、学ぶべきことはたくさんあるはずで……天馬と無駄話《むだばなし》をしながら、ずっとこんな感じで、時がすぎていってくれたらと思わずにはいられない。

そんなとき、思いがけない電話がかかってきた。

# 7 戦争

夕飯が終わったばかりで、まだ茶の間に家族がそろっていたときだ。

「はい、佐々川《ささがわ》でございます」

お母さんが受話器をとった。

「えっ？」

大きな声に、みんながふりむいた。

お母さんの顔色がさっとかわる。ただごとじゃない雰囲気《ふんいき》に、耳をすませた。

「……はい。はい、そうです。あの、でも……ちょっと、夫にかわります」

動揺《どうよう》し、こまったようにお父さんをよぶ。受話器をわたしながら、耳元で何かをささやいた。

「はい、かわりました」

お父さんの態度《たいど》もかわった気がした。

「……そうですか。わかりました。お待ちしています」

あいかわらずの手短さで、お父さんは電話を切った。

心配そうなお母さんをよそに、お父さんは無言ですわりこんだ。次の言葉を待っているのに、じれったい。

腕組《うでぐ》みをして、眉間《みけん》にしわをよせると、お父さんは天馬《てんま》を見た。

「天馬のお父さんからだ」

「え！」

あたしは声を上げ、天馬は目を大きく見開いた。

「話があるそうだ。明日、うちに来ることになった」

お父さんは、淡々《たんたん》といった。

「ちょっと待って！　でも、天馬は……」

まさか、天馬を連れもどすつもりだろうか。

「会いません」

きっぱりと、天馬がいう。空気がぴりりとはりつめた。

「社長がなんといおうと、オレは会いませんから」

お父さんに反抗《はんこう》する天馬をはじめて見た。

天馬が来てから一度も連絡《れんらく》をよこさなかったくせに、どうして今さら……と、戸惑《とまど》いが怒《いか》りにかわる。

「そうだよ、会うことない。うちにだって入れること……」

「琴葉《ことは》はだまっていなさい」

お父さんに一喝《いっかつ》されて、ぐっと口を閉《と》じた。

「会いたくなければ、会わなくてもいい。ただし、話だけはきいておきなさい」

「でもっ」

天馬が前のめりになる。

「天馬がどう思っていても、父親は父親だ。話をきいてから、どうするか天馬が決めればいい」

お父さんが、まっすぐに天馬を見つめる。

「オレは、天馬をほんとうの息子だと思っている。母さんも琴葉も裕太《ゆうた》も、天馬の味方だ。かならず天馬のことを守るし、天馬の意志《いし》を尊重《そんちょう》する」

裕太が、天馬の首に手をまわし、だきついた。

「だから、安心していればいいんだ」

お父さんの言葉に、お母さんもうなずいた。

「とにかく、明日は家にいなさい。お父さんにはいわないから、そのふすまの向こうで、きいているといい」

茶の間の向こうにある、お父さんたちの寝室《しんしつ》を指さす。

天馬は、緊張《きんちょう》した面持ちでうなずいた。


次の日、朝から家中がそわそわしていた。

あたしも勉強どころじゃない。

裕太《ゆうた》は学童に行かされ、お母さんは何度もお茶やお菓子のチェックをした。

お父さんはあいかわらず無表情《むひょうじょう》で、何を考えているのかわからない。

自分の部屋の中で、立ったりすわったりしていたあたしがしびれを切らしたころ、玄関《げんかん》の呼《よ》び鈴《りん》がなった。

あたしと天馬は同時に部屋をとびだして、階段《かいだん》をかけおりた。お母さんが「シーッ！」といって、あたしたちを一階の寝室におしこんだ。

「どうして琴葉が来るんだよ」

「いいでしょ、気になるもん」

小声でいいあっているうちに、「どうぞ」という声がして、あたしと天馬は息を殺した。

うす暗い部屋の中、ふすまの向こうに耳をすませる。

「はじめまして。天馬の父……です。こちらでお世話になっていると、校長先生からきいていました。校長先生は、中三のころから不登校になった天馬を、ずっと気にかけてくれていました。その好意に甘え、こちらにまでご迷惑《めいわく》を……感謝《かんしゃ》してもしきれません」

あたしは、ひと言《こと》もききのがすまいと、全神経《ぜんしんけい》を集中した。

とぎれとぎれにきこえてくるその声は、ふっくらとしてやわらかく、お父さんよりも若《わか》い感じだ。冷徹《れいてつ》な極悪人《ごくあくにん》を想像《そうぞう》していたから、そのきちんとした言葉づかいも意外だった。

気配から、天馬のお父さんがちゃぶ台の前にすわり、お母さんがお茶を出したのがわかる。

そっと天馬を盗《ぬす》み見ると、けわしい顔で、じっとふすまをにらんでいた。

「申しわけございませんでしたっ」

いきなり大きな声がして、天馬の背中《せなか》がびくっとゆれる。

「今まで、連絡《れんらく》もせず……。ほんとうはしたかったのですが、天馬に拒否《きょひ》されるのがこわくて……。いえ、拒否されて当然なんです。ぼくは天馬に何もしてあげられなかった、ダメな父親なんですから」

あたしはぎゅっとこぶしをにぎった。何もかもわかっていることにいらだち、怒《いか》りを覚える。今すぐとびだして、天馬の思いをぶつけたかった。

「天馬の母親とは、国際結婚《こくさいけっこん》でした。中国人の彼女《かのじょ》は、日本の大学に留学《りゅうがく》し、そのまま日本の企業《きぎょう》に就職《しゅうしょく》しました。とても優秀《ゆうしゅう》で、明るく、だれにでもやさしくて……知りあってすぐに、ぼくのほうがまいあがってしまいました。結婚するならこの人しかいないと、心に決めたのです」

天馬からきいていたとおりのお母さんだ。

「ところが、母に紹介《しょうかい》すると、猛反対《もうはんたい》されて……。彼女が、中国人というのが理由でした」

「でも、今どき国際結婚なんて、よくあることですしねぇ」

お母さんの声がきこえる。お父さんが何もいわないから、無理にあいの手を入れた感じだ。

「そのとおりです。ですからぼくも、反対されたときはびっくりしましたし、反発もしました。そんなのは差別だ、と」

お父さんも、最初はほんとうに、お母さんを守ろうとしていたのかもしれない。

「彼女《かのじょ》はとてもいい人でしたから、父もぼくの味方をして、母を説得してくれました。結《けっ》婚《こん》すれば、そのうち母もわかってくれるだろうと楽観していたのです。ところが、母の彼女に対する態度《たいど》は、とてもきびしいものでした。彼女を一日中どなりちらし、何度でも掃《そう》除《じ》をやりなおさせ、作ったご飯にもケチをつけて」

ひどい……。そんなの、あたしなら耐《た》えられない。

「でも」といって、天馬のお父さんは、ふっと声をやわらげた。

「彼女も負けていませんでした。長く異国《いこく》で生活していたせいか、もとからの性格《せいかく》なのか……。『お母さん、あんた、あんたって、わたしにもちゃんと名前があるんですからね』『親の顔が見たいなら、中国に連れていってあげますよ』なんていいかえして。だからぼくも、ちょっと安心していたんです」

それから、声のトーンが一段下《いちだん》がった。

「そんなとき、父が急に亡《な》くなってしまい……。ひとりになった母は気落ちして、一気に年をとってしまったようでした。彼女《かのじょ》も気にかけてくれて、やさしく接《せっ》していたのですが、それが逆効果《ぎゃくこうか》だったようで……。父が死んだのは、彼女が嫁《よめ》に来たからだとまでいうようになって」

そんなのは逆《さか》うらみだと、はげしい怒《いか》りがわいた。

「母のいやがらせは、エスカレートしていきました。しかしぼくが注意すると、『お父さんが死んで、わたしの味方はもういない』と泣くんです。それをいわれると、かわいそうで……ぼくは、見て見ないふりをして……にげたんです」

天馬の顔が青ざめて、一点を見つめた目が赤くうるんでいた。

「彼女はいってました。わたしが憎《にく》いのは、お母さんじゃない、あなただと。守るといったのに、ちっとも守ってくれないじゃないかと……」

声をつまらせながら、天馬のお父さんがつづける。

「それでもぼくは、気にするなよ、としかいわなかった。そして、彼女の異変《いへん》に気づいたときはおそかったんです。気丈《きじょう》に耐《た》えていた彼女の心は、取り返しのつかないほどこわれてしまっていました。あんなに明るかったのに、笑うこともなくなり、口を開くことさえ……それを見た天馬が、どれほどショックを受けたか」

天馬の話がよみがえる。

お父さんは口にするのをさけているけれど、たぶん、お腹《なか》の子を亡《な》くしてしまったのがきっかけだろうと想像《そうぞう》できた。

「彼女《かのじょ》は療養《りょうよう》のため、実家に帰ることになりました」

お母さんの鼻をすする音がきこえた。天馬のことを思って泣いている。

「そちらの事情《じじょう》は、わかりました」

お父さんが、やっと口を開いた。

「それで、今日のご用件《ようけん》は」

抑揚《よくよう》のない言い方が、冷たく響《ひび》く。

あたしは天馬のことが気になった。かたく目をつむってうつむいている天馬は、きっともう限界《げんかい》だ。

「母が、危篤《きとく》なんです」

空気が、さっと凍《こお》りつくようだった。

「母は、天馬のことをとてもかわいがっていました。しかし、彼女が中国に帰ってしまってから、天馬は母に反抗《はんこう》し、暴《あば》れ、荒《あ》れつづけました。家に帰らず、悪い仲間《なかま》とつるみ、補導《ほどう》され……。とうとう母も、天馬を家から追いだしてしまったんです」

天馬が片《かた》ひざを立てて、身を乗りだす。

今にもとびだしていきそうな天馬の背中《せなか》に、あたしは必死でしがみついた。

あふれそうな怒《いか》りをおさえ、その背中がふるえている。

「ぼくは、天馬を追いかけたかった。母とはなれて暮《く》らすことも考えましたが……病気をかかえた母を、ひとりにしておけなかったんです。それで、校長先生にすがるしかなくて……。しかし、母があと一か月の命となり、毎日のように天馬の名前をよぶんです。きっと母も、天馬を追いだしたくはなかったはず。ずっと後悔《こうかい》していたと思うんです」

茶の間がしんとした。「くぅっ」という、うめき声が天馬の口からもれ、爪《つめ》が畳《たたみ》に食いこんだ。

「お母さまのことは、お気《き》の毒《どく》です」

お父さんの声が、重い空気に沈《しず》んでいく。

「天馬に会いたいというお気持ちもわかります。しかしあなたは、天馬の気持ちを考えたことはありますか？　天馬はこの二年間、ひとりで……家族にも見捨《みす》てられたと思いこんで、それでも精《せい》いっぱい生きてきたんです」

あたしは、天馬のお父さんにも、おばあちゃんにも、少しも同情《どうじょう》できなかった。自分のことばかりで、天馬がかわいそうだ。

「わかっています。ぼくが、全部悪いんです。母が彼女《かのじょ》をきらった理由も、ちゃんと知ろうとしなかったから」

きらった理由？

思いがけない答えに、あたしは眉《まゆ》をひそめた。

「戦争です」

天馬のお父さんが、ぽつりといった。

「母の父親は、中国で戦死しました。遺骨《いこつ》はなく、もどってきたのは、そばにあった石だけだったそうです」

石って……まさか。

人の命が石ころになってもどってくるなんて、信じられなかった。

「それからすぐに、病気がちだった母親も死んでしまい、母は戦争孤児《こじ》となりました。その後、親戚《しんせき》に身をよせましたが、食べものもろくにあたえられず、一日中働かされ……にげだしたそうです。それからは、生きるために人をだましたり、盗《ぬす》みをしたりして、夫である父にさえ、すべては話せなかったと泣きながら語りました」

重い空気の中、だれもが声にならない息をもらした。

「しかし、それをきいてもまだ、母が妻《つま》をきらう理由がわかりませんでした。日本がしたことを考えれば、中国をうらむなんておかしいでしょう？　少なくとも、ぼくはそう思っています」

天馬のお父さんは、感情《かんじょう》をおさえるように声をつまらせた。

「母にだって、そんなことはわかっていたはずです。だからはじめは、母も努力していました。妻を受けいれようと、いっしょに料理を作ったり、日本の礼儀《れいぎ》作法を教えたり。でも、彼女《かのじょ》がうまくできても、冗談《じょうだん》をいっても……決して笑うことはありませんでした。いっしょにいればいるほど、苦しそうで、毎晩《まいばん》うなされて……。それがなぜなのか、ぼくはずっと考えていました」

そういって、ひと呼吸《こきゅう》おく。

「母にとって、戦争は、まだ終わっていなかったんだと思います」

戦争が、終わっていない……？

何十年も前のことなのに？

戦争が終わっていないとは、どういうことなのか……あたしにはわからなかった。

「思いかえせば、それまで母は、あまり感情《かんじょう》を表に出すことはありませんでした。ぼくは、母が大笑いするところも、大泣きするところも見たことがなかった。それなのに、妻《つま》の前では、身体をふるわせて怒《おこ》るのです。おそらく妻は、母の戦争の記憶《きおく》を開《あ》ける、カギのような存在《そんざい》だったのだと思います」

しぼりだすような苦しげな声に、天馬のお父さんにいだいていた怒《いか》りが、すっと行き場をなくしたようだった。

それから、畳《たたみ》をこするような音がした。

「ぼくのことは、許《ゆる》してくれなくていい。でも、最期《さいご》に、死ぬ前に一度でいいから、おばあちゃんに会ってやってはくれないだろうか……天馬！」

ふすまのすぐ向こうから、荒《あら》い息づかいを感じた。天馬にむかって話しかけている。

天馬のお父さんは、天馬がこちら側にいることに、気づいていたんだ。

立ちあがった天馬が、ふすまにぐっと手をかけた。

怒り、戸惑《とまど》い、悲しみ、苦しみ……さまざまな感情が、背中《せなか》にうずまいている。

あたしはどうしていいかわからずに、「天馬……」とつぶやいた。

天馬はふすまを開《あ》けずに背中《せなか》をむけると、廊下《ろうか》に出て、階段《かいだん》をかけあがっていった。バンッと、戸を閉《し》める音がした。

「今日は、お帰りください」

お父さんがつかれた声でいう。

「天馬くんは、もう、うちの家族同然です。とてもいい子です。あんなに思いやりのある子が、あれだけ傷《きず》ついているんですから……」

お母さんも、声をふるわせながらいった。

「天馬は、もう十七歳《さい》です。自分で判断《はんだん》できる年だ。家に帰るかどうか……彼《かれ》にしか決められません」

お父さんの言葉に、あたしの中の何かがはじけた。

「いやだから！」

ふすまを開けると、驚《おどろ》いた顔の天馬のお父さんと目があった。

「天馬は返さない。ぜったいに返さない！　天馬が今まで、どんな気持ちで……」

それ以上、いえなかった。こみあげてくる感情《かんじょう》に声がふるえ、喉《のど》がつまり、咳《せ》き込《こ》んだ。

お母さんが、あたしの肩《かた》をだきよせる。

「……そう、ですよね」

こんな状況《じょうきょう》なのに、天馬のお父さんの顔がふっとゆるんで、泣き笑いのようになった。

「天馬を、こちらであずかっていただけてよかった。きっと、ほんものの家族のあたたかさを、知ることができて……」

そういって、喉《のど》の奥《おく》を鳴らした。

「ぼくも、こんな家庭を作りたかった。憎《にく》しみあうような家族じゃなく、笑って、泣いて、怒《おこ》って、ぶつかって……それでも助けあっていけるような、ふつうの家庭を」

メガネをはずし、涙《なみだ》をぬぐうと、ふたたびメガネをかけなおした。

「ぼくは……どこでまちがえたのでしょう。反対をおしきって、彼女《かのじょ》と結婚《けっこん》したことでしょうか。母をせめなかったことでしょうか。天馬を手放したことでしょうか……」

ふらふらと立ちあがりながら、つぶやくような声が、はかなく消えていく。

「後悔《こうかい》しても、仕方がない」

お父さんも立ちあがって、重い口を開いた。

「前をむいていくしかないんです」

天馬のお父さんは深々と頭を下げて、カバンから手帳のようなものをとりだした。

「これ……天馬名義《めいぎ》の通帳です。生まれたときから、将来《しょうらい》のために貯《た》めてきました。もし、許《ゆる》してもらえないなら……せめてこれを、天馬に受けとってほしいのです」

お父さんは、それを受けとるとうなずいた。

何度も「すみませんでした」といって、出ていく天馬のお父さんの背中《せなか》は、小さく丸まっていた。

# 8
# 工場《こうば》見学

それから三日間、天馬《てんま》は部屋から出てこなかった。

お母さんがもっていくご飯は食べているようだけど……。

今日は、工場《こうば》見学祭りがある。

説明員だといってたのに、それもやらないつもりだろうか。

朝早く目が覚めたあたしは、天馬の部屋のドアをたたいた。部屋からは、コトリとも音がしない。

「天馬、だいじょうぶ？　生きてる？」

あたしは、思いきってドアを開《あ》けた。

「入っていい？　入るよ」

はじめて、天馬の部屋に足をふみいれた。

この部屋は、天馬が来るまで納戸《なんど》に使われていて、せまくて日当たりもよくない。それでも天馬はかまわないと、自分でそこに決めた。

あたしは、さりげなく部屋を見回した。

もしかしたらアイドルのポスターなんかがはってあって、幻滅《げんめつ》するかもしれないなんて思ったけれど、そんなものは見当たらない。それどころか、カレンダーさえかかってなくて……。

机《つくえ》の上には、ノートや写真立てもなかった。その何もなさが、天馬の心の中をのぞいたようで、胸《むね》がきゅっとしめつけられた。

天馬は畳《たたみ》にしかれた布団《ふとん》に寝《ね》て、背中《せなか》をむけてタオルケットにくるまっていた。

むし暑いのに、寒そうにちぢこまっている。

あたしは、むっとした空気をにがすように窓《まど》を開《あ》けた。布団のかたわらにすわりこみ、天馬を見つめる。なんて話しかけていいかわからなかった。

「勉強、見てやれなくて、ごめんな」

天馬は目を覚ましていて、くぐもった声でそんなことをいった。

「いいよ。そんなの……」

それどころじゃないのに、また子ども扱《あつか》いだ。あたしは、なんの役にも立たないのだろうか。天馬の後《うし》ろ姿《すがた》ははかなげで、今にも消えてしまいそうだ。

「天馬……」

「オレ、ずっと考えてたんだ」

むくりと起きあがり、背中《せなか》をむけたまま話しはじめる。

「父さんのいったこと。ばあちゃんがどんな目にあったとしても、母さんをせめる理由にはならない。だからやっぱり、許《ゆる》せない」

「……うん」

あたしもうなずいた。

「笑っちゃうよな」

おかしいことなんてひとつもないのに、天馬の丸まった背中がゆれる。

「ばあちゃんは母さんをうらみ、母さんは父さんをうらみ、オレはばあちゃんと父さんをうらむ……。父さんのいうとおりだ。そんな家族、家族っていえないだろ」

さびしそうな、かわいた笑いが悲しかった。

作業着にさえ、名字を使わなかった理由が今ならわかる。天馬にとって、「葛木《かつらぎ》」という名字をもつ家族は、意味がなかったんだ。

「オレ、この家に来たとき戸惑《とまど》った。こんな、家族っぽい家族……ドラマの中だけだと思ってたから」

家族っぽい家族って……。その言い方に、あたしの顔がゆるんだ。

「ガンコおやじと、肝《きも》っ玉《たま》母さん、みたいな？　たしかに、昔のドラマみたいかもね」

「この家族は、このままでいてほしい。こわれてほしくないって、心から思ったんだ。うちが崩壊《ほうかい》したからかもしれないけど」

あたしは、ずっといいたかった言葉を思いだした。

「天馬だって、うちの家族だよ」

この家族はなんて、他人行儀《ぎょうぎ》な言い方をしてほしくない。

気まずい空気を、窓《まど》から入ってくる生《なま》ぬるい風がかきまぜた。

「ねぇ、閉《と》じこもっていたら悪いことばっかり考えちゃうよ。外に出て……そうだ、天馬の好きなことをしよう」

こんなときは、おいしいものを食べたり、思いきり身体を動かしたりして……そんなことを考えていると、

「いや、今日は工場見学があるから」

と、天馬がいった。覚えていたんだと、うれしくなる。天馬にとっての気晴らしは、カラオケでも遊園地でもなく、工場で機械にさわることなのかもしれない。

「天馬くん」

そこへ、お母さんが顔を出した。

「これ、なんだけど……」

エプロンのポケットから、何かをとりだす。

「お父さんからあずかった、通帳と印鑑《いんかん》」

「え……いいっすよ」

天馬が、それをおしかえそうとする。せっかく天馬が前向きになったところだったのに、なんてタイミングが悪いのだろうと腹立《はらだ》たしかった。

「いいから、もらっておきなさい。お金はあってもこまるものじゃないでしょう？　いつか役に立つときが来るから」

そういって、無理やり天馬におしつけた。

あたしは、それを複雑《ふくざつ》な気持ちで見つめた。たとえどんなに大金であっても、天馬の心の傷《きず》に値段《ねだん》なんてつけられない。

天馬はそれを見つめると、「はい……」といって、無造作《むぞうさ》に机《つくえ》の引き出しにしまった。

「天馬、早く用意して」

あたしは天馬をせかした。天馬の心を、ひとときもこの家からはなしたくない。もとの家族のことなんて、忘《わす》れてしまえばいい。

そのためなら……あたしはなんだってできると思った。


いつもと同じように、天馬は作業着に着がえて「行ってきます」と出ていった。

工場見学祭りは、役所とタイアップしてやっている行事だ。工場をまわるための特別バスが出たり、屋台やカフェが設置されたりする。

どこにどんな工場があるか、ひと目でわかるよう、駅や案内所に「工場見学マップ」がおかれていた。

あたしは、それをお母さんにもらって、ちゃぶ台に広げた。

工場には、さまざまな種類がある。うちのように精密《せいみつ》機器なんかの部品を作る工場もあれば、レストランのショーウインドーに飾《かざ》るような食品サンプルの工場、パンフレットの制作《せいさく》なんかをする印刷所もある。

それらは一か所にかたまってあるわけではなく、住宅《じゅうたく》と住宅のあいだに点々とあったり、住宅の奥《おく》の入りくんだ場所にあったりする。だから、工場見学用のマップは必須《ひっす》で、見学する人たちは、マップを片手《かたて》に町をぶらぶらと歩いてまわったり、バスで移動《いどう》しながらまわったりする。

それでも、ひとつひとつを真剣《しんけん》に見ていったら、とても一日でまわりきれるものではない。この日は、商店街も工場も協力しあって、モノ作りの町をアピールする。

「お父さんも、この日だけはおしゃべりになるんだから、不思議よねぇ」

お母さんの機嫌《きげん》もいい。日ごろ、もくもくと仕事にむきあっている職人《しょくにん》たちが、今日だけは愛想よくお客さんに対応《たいおう》する。それは、工場同士で決めた約束だから、お父さんもしたがうのだ。お母さんは、そんなお父さんを見るのを楽しみにしている。

「みんな、いそがしい中でがんばってるもんね。クイズラリーとか、仲間回《なかままわ》し体験とか、人気なんでしょう?」

ふだん、町工場が注目される機会なんてめったにないけれど、日本人は意外とモノ作りが好きらしい。その証拠《しょうこ》に「仲間回し体験」といって、いくつかの工場をまわりながらひとつの製品《せいひん》を完成させるプログラムは、職人《しょくにん》の気分を味わえるということで、すぐに満員になってしまったそうだ。

「そろそろ、お客さん来たかなぁ」

あたしまで、どきどきしてくる。

お客さんが来なかったら、あたしがサクラになって、天馬の説明をききにいってあげるつもりだった。

九時五十五分に家を出て、工場の門に行くと、赤い旗が出ていた。お客さんがわかりやすいように、見学オーケーの工場は赤い旗を出している。

開始は十時からだけど、すでに何人かのお客さんが、工場に入って説明をきいているようだった。工場の入り口あたりで、手持ちぶさたにしている天馬を見つけた。クスッと笑って近づこうとすると、後ろから「琴葉《ことは》ー」とよばれた。

「さより！」

袖《そで》がふっくらしたトップスに、デニムのミニスカートを着たさよりが、手をふりながら走ってくる。その後ろに、美術部《びじゅつぶ》の子が何人かついてきた。

「遊びに来てあげたよ」

「どうして!?　来るなんて、ひと言《こと》も……」

思わず顔をしかめると、さよりが頰《ほほ》をふくらませた。

「なあに、その顔。お客さんが来なかったらさびしいだろうと思って、せっかくみんなも連れてきてあげたのに」

「そ、それは、まぁ……」

そういわれると、来てくれるのはありがたい気がした。でも……。

「あ、いたいた。天馬くーん！」

さよりは、あたしなんておかまいなしに天馬にかけよって、「同じ美術部《びじゅつぶ》の……」と自《じ》己紹介《こしょうかい》をはじめた。

やきもきしながら、天馬を見る。

「そっか、琴葉の同級生……来てくれてありがとう」

天馬はさよりの勢《いきお》いにおされながら、照れたように頭を下げた。

「じゃあ、ぼくが工場を案内します」

「やったぁ！」

さよりが大げさによろこぶから、あたしは心配になってついていくことにした。さよりと来た美術部《びじゅつぶ》の子たちは、少しこまった顔をしながら、「工場見学なんてはじめて」「琴葉ちゃん、よろしくね」なんていった。

「本日は、佐々川精密《ささがわせいみつ》工業におこしいただきありがとうございます。うちではさまざまな金属《きんぞく》加工をしており、医療《いりょう》機器などの小さな部品から、航空《こうくう》、宇宙《うちゅう》関連部品まで製造《せいぞう》しています」

心配だったけれど、天馬は、ちゃんと気持ちを切りかえているようだ。仕事モードの顔になって、歩きながら説明をはじめる。

「宇宙関連の部品って、具体的にはどんなもの？」

好奇心《こうきしん》の強いさよりが、天馬にきいた。

「ロケットの先端《せんたん》部分なんかも作ってるんだ。これは、世界でもトップクラスの技術《ぎじゅつ》であることの証明《しょうめい》だよ」

天馬も、さよりにあわせてくだけた口調になる。

「すごーい」

「こんな町工場《まちこうば》でロケットなんて……あ、すみません」

美術部の子たちが、こぼれた本音に小さく肩《かた》をすくめた。

こんな町工場で……。

くやしいけれど、そういわれても仕方ない。あたしだって町工場の娘《むすめ》でなければ、ロケットの部品がこんなところで作られているなんて思ってもいなかっただろう。

でも天馬は、そんな偏見《へんけん》もさらりと受けながす。

「いや、そのとおりだよ。でも実は、こんな小さな町工場だからこそ、大企業《だいきぎょう》にはできない加工ができるんだ」

みんなが首をかしげ、次の言葉を待った。

「大企業は、大量生産ができる大きな工場《こうじょう》をもっている。でも、特殊《とくしゅ》な部品を少しだけ作る場合、コストがかかりすぎてしまうんだ。ロケットなんかは、ミクロン単位の精巧《せいこう》で精《せい》密《みつ》な部品になるから、対応《たいおう》するのがむずかしいんだよ」

「え？　ミクロン単位って、一ミリより小さいってことですよね？」

さより以外の子も興味《きょうみ》をもちはじめ、質問《しつもん》する。

「うん。うちの強みは、たったひとつの部品でも、熟練《じゅくれん》の職人《しょくにん》の経験《けいけん》とカンで、ていねいに作れることなんだ。ひとつひとつが職人の手作りだから、大量生産はできないけど、数ミリ単位の小さな部品から、数メートルをこえるような大きくて複雑《ふくざつ》な形状《けいじょう》のものまで、要求に応《おう》じて作ることができる」

そういう天馬の顔は、堂々として自信にみちていた。

「じゃあ、コンピュータとかは使わないんだ？」

ふたたび、さよりが身を乗りだす。

「いや、コンピュータや機械にやらせることもあるよ。プログラミングして、自動的に加工してくれる機械は便利だから。でも、機械にできないところは人間がやる。そうやって分業することで、より高精度《こうせいど》で高品質《こうひんしつ》なものを作ることができるんだよ」

なるほど……と、あたしまで感心した。

職人《しょくにん》の技《わざ》にたよるだけじゃなく、コンピュータや機械も使う。あらゆるものを使って、いいものを作りたいという気持ちが伝わってくる。

さよりたちにも天馬の思いが伝わったのか、「へぇ」という感嘆《かんたん》の声が上がった。

「次は、製造工程《せいぞうこうてい》の説明です」

天馬が淡々《たんたん》と話す。

天馬って、他人とこんなふうに話すことができるんだ……と、不思議な気持ちだった。

口数は少ないし、人との交流が苦手そうな天馬が、説明員なんてできるんだろうかとあなどっていた。あたしの知らない天馬がいるようで、少し意地悪な気持ちになり、「はい」と手を上げる。

「金属《きんぞく》には、どんな種類があるの？」

「え……」

天馬が言葉をつまらせた。何を今さら、という顔の天馬とあたしを、さよりがにやにやして見ている。天馬をためしているのが、見え見えのようだ。

「まぁ……みんながよく知っているものだったら、ステンレス、アルミ、鉄、銅《どう》、真鍮《しんちゅう》、錫《すず》、鉛《なまり》、亜鉛《あえん》、ニッケル……」

天馬の口から、さまざまな金属がうたうように出てくる。

「最近では、プラチナ、金、銀なんかの貴金属《ききんぞく》の加工もしているけど、レアメタルだと、タンタル、モリブデン、ジルコニウム……まだつづける？」

天馬にきかれて、「ううん……もういい」というと、さよりにひじでつつかれた。やめておけばよかったと後悔《こうかい》していたら、背中《せなか》からお父さんの声がきこえてふりむいた。

お母さんがいってたとおり、お客さんを前にして、お父さんが長々と説明している。眉《み》間《けん》にしわをよせることなく、おだやかな表情《ひょうじょう》で、笑みさえうかべていた。

やればできるのなら、家の中でもそうしてほしい、なんて思ってしまう。

お父さんが何かいって、お客さんがワッと笑った。

お父さんは、ミクロン単位のゆがみがわかる。自由自在《じゆうじざい》に、いろんな部品を生みだすその手を、世界一すごいと感じていたことを思いだした。

金属《きんぞく》のすべてがわかるお父さんを、小さいころは尊敬《そんけい》できた。でも、大きくなるにしたがって、金属のことがわかるかわりに、人の気持ちがわからないのだと反発した。

けれどお父さんは、ほんとうに人の気持ちがわからないのだろうか。

家族に見捨《みす》てられ、絶望《ぜつぼう》していた天馬をすくいあげ、ひとりでも生きていけるように育てようとしている。

そんなお父さんを、あたしはちゃんと見ていたのか……そう思うと、自信がなかった。

「では最後に、金属加工の体験をしてもらうことができるけど、どうする？」

天馬がきくと、さよりは「はい、わたしやる！」と、即座《そくざ》に手を上げた。

さよりが、作業着の上着を借りて、軍手をする。旋盤《せんばん》に金型《かながた》と金属板《きんぞくいた》をセットして、長い棒《ぼう》のような工具をとりつけた。

「棒のこの部分を脇《わき》にはさんで。そう、てこの原理。ぼくが動かすから、なるべく身体の力をぬいてもらえる？」

天馬がさよりの後ろに立って、軍手の上から手をそえる。

「あ、うん……」

急におとなしくなったさよりの頬《ほほ》が、赤く染《そ》まった。さよりと天馬の身体が、くっつきすぎている気がする。

スイッチを入れ、旋盤《せんばん》がギュルギュルとまわりだした。

回転する金属板《きんぞくいた》に工具をおしあてると、キュイィィーンと、はげしい音がする。おどろいたさよりが「きゃっ」とにげだしそうになっても、天馬は落ちついて手をそえつづけた。

中心から外側にむかって、徐々《じょじょ》に工具を動かす。工具の先が当たっている部分が、少しずつ形をかえていった。

さよりもまじめな顔になって、高速で回転する金属板を見つめている。平らな円盤状《えんばんじょう》だった金属が、お皿のような形になっていった。金属がぐにゃりと曲がって形をかえていくさまは、ろくろをまわして陶器《とうき》を作る様子に似《に》ているといわれている。

「はい、ごくろうさまでした」

天馬が機械をとめて、旋盤《せんばん》から金属《きんぞく》をはずす。タオルでさっとふくと、「これはおみやげ」といって、さよりに手わたした。

「わ、うれしい!」

できあがったのは、アルミニウムの皿だ。ほかの子たちにも見せて、「上手《じょうず》にできたねー」といわれている。うまくできたのは、天馬が手をそえたおかげなのにと、なぜか不満だった。

「わたしもやっていいですか?」

結局、ほかの子たちも全員やって、あたしはそのあいだ、ずっと落ちつかなかった。

「琴葉もやる?」

最後の子が終わったとき、天馬にきかれて迷《まよ》った。機械にふれるなんて、何年ぶりだろう。

「ひとりで、できるから」

意地になりながら、工具をセットして、深く息をすった。これでも小学生のころは、何度も工場でやらせてもらったことがある。ひとりだって……。

旋盤を動かすと、ひときわ高い金属音とともに、振動《しんどう》が伝わってきた。

久《ひさ》しぶりの感覚に、指先がぴりりとしびれる。

かたい金属《きんぞく》が、力加減《ちからかげん》ひとつで形をかえていく。こちらがおすと、まるで意志《いし》があるようにおしかえしてきて、その力に負けそうになった。

「もっと腰《こし》を落として」

後ろから、天馬がすっと手をそえてきた。

あ……と思っていると、天馬が耳元でささやいた。

「なんか、怒《おこ》ってる？」

ふだんとかわらない天馬の声がくやしい。

「お、怒ってなんかないよ」

「そうかな……。眉間《みけん》にしわがよって、社長みたいだ」

ククッと笑われて、頬《ほほ》がほてる。さよりに見られていると思うと、顔も上げられなかった。

それにしても……身体中をつつみこまれるような、この安心感はなんだろう。前にも感じたことがある気がするけれど、思いだせない。

やがて加工が終わり、機械を止めた。

「琴葉、やるねぇ」

「わたしたちとは、ぜんぜんちがう」

さよりたちが、拍手《はくしゅ》をする。

ちっともすごくないのに……。あたしははずかしくなって、照れ笑いをした。

「天馬くん、ありがとうございました」

説明が終わり、さよりが声をかける。

「天馬くんがいい人そうで、安心しました」

「え？　安心って……」

戸惑《とまど》う天馬に、さよりはあたしを見てにやりとした。

「天馬くんの絵、がんばれよ」と小声でいって、去っていく。嵐《あらし》がすぎたようで、あたしの身体から力がぬけた。

「今どきの中学生って、あんな感じかぁ」

さよりたちがいなくなると、天馬が感心するようにいった。

「じゃあ……がんばってね」

背中《せなか》をむけて工場を出ようとすると、後ろからよびとめられた。

「琴葉、午後は交代なんだ。いっしょに、ほかをまわらないか？」

立ちどまり、ゆっくりとふりかえる。

いっしょに……。

「まぁ、いいけど」

平静をよそおったけれど、足元は小さくスキップしていた。

# 9 信念

お昼ご飯を食べてから、工場《こうば》見学マップを片手《かたて》に、天馬《てんま》と通りに出た。

「どこか、行きたいところある？」

天馬にきかれて、あたしは考えた。

「そうだなぁ。まずは本部に行ってから、町工場《まちこうば》をまわって……」

いろんな催《もよお》しものがあるから、目移《めうつ》りしてしまう。まさか、天馬とふたりで出かけることになるとは思ってもみなかった。

本部に行くと、町工場のバーチャル体験や、廃材《はいざい》を使った工作コーナーなんかもあった。ネジやバネ、コードや基盤《きばん》のかけらがおいてあって、自由に工作していいらしい。たくさんの子どもたちが、夏休みの自由研究や、ロボット、アクセサリーなんかを作るために集まっていた。子どもたちにまぎれて天馬も挑戦《ちょうせん》していると、「兄ちゃん、下手《へた》だなぁ」なんていわれていた。

うちの工場しか知らないあたしは、ほかの工場を見学するのも楽しかった。

プレハブのような建物に、従業員《じゅうぎょういん》はひとりだけという、小さな工場が集まっている一画もある。そこには、所せましと機械や道具がおかれ、床《ゆか》には廃材《はいざい》や金属《きんぞく》のけずりかすが散らばっていた。

「うちではさ、ネジを作ってるんだ。ほら、いろいろあるだろう？」

白髪頭《しらがあたま》のおじいさんが引き出しをあけると、たくさんのネジが入っていた。

「こっちも見てよ。これは、植木鉢《うえきばち》に水をやる装置《そうち》なんだけどさ、必要なときに必要なだけ水が行くようになってて、特許《とっきょ》もとってるんだ」

そういっておじいさんは、うれしそうにクフクフと笑って見せてくれた。

「これ、どういう仕組みになっているかわかる？　わからないでしょ？　そこが特許なんだよ」

ぐっと胸《むね》をはり、子どものように目をくりくりさせている。

「へぇ……」

あたしは、あちこちからながめたけれど、たしかに仕組みがわからない。

「こういうのを考えるのが、好きなんだよ。工夫して、ものを作るのがね。だからほら、道具の棚《たな》も買えば数万円かかるけどさ、自分で壁《かべ》にとりつけて、便利なように作ったんだ」

壁には、いかにも手作りっぽい木の棚に、いくつもの道具がさしこんであった。

「ぼくも、ものを作るのが好きです」

天馬がいうと、おじいさんは目を細めた。

「そうか。あんたは若《わか》いから、まだまだたくさん作れるぞ。楽しんで作って、みんなによろこんでもらえたら最高だよ」

おじいさんは、天馬の肩《かた》をポンポンとたたいた。

売れるとか売れないとか関係なく、ほんとうにモノ作りが好きなんだなと思う。同じ町に、こんな人がいるということが、心強くてうれしかった。

精密切削《せいみつせっさく》加工の工場では、金属《きんぞく》をけずる様子を見学させてもらった。機械を通して金属をけずり、シュルシュルとけずりかすが出てくるさまは、木をカンナでけずるのに似《に》ている。

「古い機械ですね」

つい、そういってしまったら、

「新しいのがほしいけどさ、これ一台で、数百万かかるんだ。銀行も貸《か》してくれないしね。こいつでがんばらないと……」

と、しぶい顔をされた。

悪いことをきいてしまったようで、「そうですか」と声を小さくした。すると、しかめ面《つら》だったおじさんが、にやりと笑った。

「オレと同じで、そろそろガタが来る古い機械だけどさ、これ、見てみな」

そういって、てのひらサイズの部品をとりだすと、測定器《そくていき》で、縦《たて》、横、幅《はば》を測《はか》りはじめた。それをノートに書きとめる。

「ほら、すごいだろ。去年と、一昨年《おととし》と、その前と」

天馬がひょいっとノートをのぞきこんで、

「お、すごい！」

と、感嘆《かんたん》の声を上げた。

あたしは意味がわからず、首をかしげる。同じような数字がならんでいるけれど……。

要領《ようりょう》を得ないあたしに、天馬が説明してくれる。

「この部品、五年前から寸法《すんぽう》がかわってないんだ。劣化《れっか》したり、ゆがんだりしてないってこと。古いけど、機械の性能《せいのう》はいいってことだよ」

「あ……そうか」

もちろん機械は重要だけど、それをあつかう職人《しょくにん》はもっと重要だ。このおじさんも、匠《たくみ》の職人のひとりということだろう。

こんなおじさんでも、子どもみたいに自慢《じまん》したりよろこんだりする姿《すがた》を見ていると、みんなほんとうにモノ作りが好きなんだなと思う。

「あれ？　これ、なんの設計図《せっけいず》ですか」

天馬が不思議そうな顔で、散らかっている図面を見た。定規《じょうぎ》でひいた線の横に、細かく数字が書いてある。素人《しろうと》のあたしにはさっぱりわからないけれど、天馬は気になるようだ。

「ああ、それね。それ、ジュウの部品だよ」

「ジュウ？」

なんのことかわからなくて、ききかえした。

「銃《じゅう》、鉄砲《てっぽう》だよ」

鉄砲……。

あたしはぽかんとして、目をしばたたかせた。

「そんな注文も来るんですか？」

「ああ、来るよ」

おじさんは、こともなげにいった。

「うちには、戦闘機《せんとうき》の部品も来るぜ」

あたしたちのように、ちがう工場からのぞきに来たおじさんが、自慢《じまん》するようにいった。

すると、話題に反応《はんのう》したのか、次々とほかの工場の人たちが五、六人集まってきた。

口々に、「戦車の大砲《たいほう》を作った」だの、「潜水艦《せんすいかん》の部品を作ってる」だのいいだす。

「安いから、ちっとももうからないけどな」

おじさんたちが、ワッと笑った。

あたしと天馬は、あっけにとられた。

「あの……それって、ほんとうですか？」

にわかには、信じられない。

「ほんとうだとも。まぁ実際《じっさい》は、なんの部品か知らされずに作ることのほうが多いけどさ」

「ずっとやってりゃあ、いやでもわかっちまうもんな」

「そうそう。図面を見てわかることもあれば、発注先からわかることもあるし」

「どんな注文も断《ことわ》らないのが、オレの職人《しょくにん》としてのプライドだからな」

銃《じゅう》、戦闘機《せんとうき》、戦車、潜水艦《せんすいかん》……。

まるで、ちがう世界の話のようだ。

それとも知らなかっただけで、ここのエリアだけ、特別な部品をあつかっているんだろうか。

「よう、兄ちゃんの作業服、佐々川《ささがわ》さんのところだろ？　だったら、わかるだろうよ」

いきなりいわれて、天馬がけげんな顔をした。上着はぬいでいるけれど、ズボンは作業服のままだ。そこに、「佐々川精密《せいみつ》工業」と書いてある。

「えっと……。うちは佐々川ですけど、わかるだろうって？」

ききかえす天馬に、今度はおじさんたちがきょとんとした。

「なんだよ、下っぱの兄ちゃんは知らないのか」

「まぁ、子どもにはなぁ」

なんていうから、ますます気になる。

「あんたのところ、今、暇《ひま》だろ？」

心配そうにいわれて、天馬があいまいにうなずいた。

「注文を断《ことわ》ったからな」

「え……注文って」

身を乗りだしたあたしは、いやな予感がした。

注文を断ったから……。

お母さんは、そういって怒《おこ》っていた。

いろいろあって、うやむやになっていたけれど、夏休み前からつづいている問題の元凶《げんきょう》だ。

「なんだ、そっちは彼女《かのじょ》さんか？」

声の調子に、警戒《けいかい》した空気を感じとる。とっさに天馬が、「はい」とこたえて、息をのんだ。顔が熱くなり、思わず身をひくと、天馬がさりげなくあたしを背中《せなか》にかばった。

「それじゃあ、まぁ、気になるか。彼氏《かれし》が路頭《ろとう》に迷《まよ》っちゃこまるもんなぁ」

同情《どうじょう》するように、首をふる。

「教えてください。その注文って、なんだったんですか？」

天馬がきくと、おじさんはひと呼吸《こきゅう》おいて、口を開いた。

「ミサイルの部品だよ」

あたしは息をのんだ。

「佐々川《ささがわ》さんのところは、いい職人《しょくにん》がそろっているから。でも、まさか断《ことわ》るとはなぁ」

「そういううわさは、すぐに広まるからな」

おじさんたちが、うなずきあう。

天馬が、「ミサイル……」とつぶやいた。

ロケットの注文があったときは、うちの工場もここまで来たかと、お祭りさわぎだった。工場をあげての力の入れようは、目を見はるほどで。

それが、今度はミサイルだったなんて。呆然《ぼうぜん》として、身体から力がぬけるようだった。

「佐々川さんは一本気な人だから、少しもひかなかったらしいよ」

「しかし、注文を断るならやめるって、シノさんはいったんだろう？」

それをきいて、あたしは天馬の腕《うで》をつかんだ。

「シノさんって……篠田《しのだ》さんのことですか？」

あたしのかわりに、天馬がきいてくれる。するとおじさんは、「おうよ」と返してきた。

「シノさんは、子どものころ、防空壕《ぼうくうごう》ににげこんだことも覚えてるっていってたし、また戦争になるんじゃないかっておそれてたもんな」

「ああ。国を守ることも大切だ」

「しかし、武器《ぶき》をふやせばいいってもんじゃないだろ」

おじさんたちが、つばをとばしていいあった。

「それでも佐々川《ささがわ》さんは、シノさんの言葉にも耳を貸《か》さなかったんだもんな」

「まぁ、リストラっていうことで、退職金《たいしょくきん》もずいぶんはずんだそうだから、それが佐々川さんの、せめてもの気持ちじゃないか？」

それで、篠田《しのだ》さんは……「あとは、若《わか》い人にまかせます」といったんだ。「これからの時代をどうするか、決めていくのは若い人です」と。

「しかし、親みたいに慕《した》っていたシノさんに反対してまで、意地を通すなんてな」

お父さんをあわれむような、たたえるような、微妙《びみょう》な空気だった。

「おい、兄ちゃん、顔色が悪いけど、だいじょうぶかい」

声をかけられて、天馬が「あ、はい」とこたえる。ほんとうに、血の気がひいている。

「ちょっと、刺激《しげき》が強かったかな」

おじさんたちが、苦笑いをした。でも、すぐにまじめな顔になり、天馬を見すえる。

「オレたち職人《しょくにん》は、ものを作るのが仕事だ。求められれば、なんだって作る。そりゃあ、いいことに使ってもらいたいとは思うけどさ。いいか悪いかなんて、そうかんたんに決められるもんじゃない。きれいごとばかりいってられないのが現実《げんじつ》なんだよ」

天馬はうつむきながら、「オレ……」と、つぶやいただけだった。

その場をはなれ、天馬とあたしは無言で歩いた。きいた話があまりに信じられなくて、なんていっていいかわからない。

あんなこと、きかなければよかったと思う。

でも、目をそらしても耳をふさいでも、この町にいるかぎり、きっとまたこの問題にぶつかるはずだ。

ほんとうのことを知るのはつらい。つらいけれど、一度知ったからには、もう目をそらすことはできない。

町の景色《けしき》が、かわった気がした。

夜になっても、なかなか寝《ね》つけなかった。少しうとうとすると、うなされて起きる。そんなことをくりかえした。

寝不足《ねぶそく》のまま学校に行き、教室で授業《じゅぎょう》を受けていると、突然《とつぜん》サイレンが鳴りひびいた。

ノートをとっていたみんなが、いっせいに顔を上げる。

J《ジェイ》アラートだ！

空気が、ぴんっとはりつめる。

教室が騒然《そうぜん》とし、先生もみんなも窓辺《まどべ》にかけよった。

「冗談《じょうだん》だろ……」

だれかがいう。窓の外には、いつもとかわらない町の景色《けしき》が広がっていた。ただ、恐怖《きょうふ》をあおるようなサイレンの音だけが、不気味に町のスピーカーからも鳴りつづけている。

「にげろ！」

先生がさけぶ。でも、どこへ？

教室中がパニックになっていく。

ある者は泣きだし、ある者は怒《いか》り、ある者は教室からとびだしていった。

恐怖が思考をわしづかみにして、視界《しかい》がせまくなっていく。

こわい……こんなことをする相手が憎《にく》い。

自分や家族を守りたい。

どうしよう、どうしよう……。

不安、恐怖《きょうふ》、憎《にく》しみ、あせりに、心がのみこまれそうになる。

そのとき、だれかにぐっと腕《うで》をつかまれた。

「天馬！」

あたしは、われに返って天馬にすがりついた。

「やっぱり、お父さんがまちがってた！　武器《ぶき》があったら、お父さんが作ってたら、こんなことには……」

あたしは、やみくもにさけんだ。

「そうじゃない」

天馬が、悲しそうな目をする。

「社長は、まちがってない」

きっぱりいうと、天馬は正面からあたしを見つめた。

「オレ、わかったんだ。不安や恐怖や憎しみが、武器を生みだす。武器は、より強い武器を生むだけだ。そんなもので、ほんとうに平和になると思うか？　オレたちのこの手は、なんのためにあるんだ？」

てのひらをさしだし、問いかけてくる。
この手……？
わからない。
あたしはただ、生きたい。
天馬を、家族を守りたい——。
ウウッとうなされて、目が覚めた。
汗《あせ》をびっしょりかいている。
まだ、鼓動《こどう》がはげしい。
どうしてあんな夢《ゆめ》を見たんだろう……。
目が覚めても、夢で見た天馬の問いかけは、刻《きざ》みつけられたように残っていた。
お父さんのしたことは、正しかったんだろうか。
天馬の問いの答えは……。

寝不足《ねぶそく》のせいか、身体が重かった。
天馬も朝ご飯のあと、部屋にこもったきりだ。

外に出て、ひっそりとしずまりかえった工場を見上げた。

真っ青な空と白い入道雲を背景《はいけい》に、古ぼけたコンクリートの建物がたたずんでいる。また機械が動きだし、いそがしい日々がはじまるのを、今か今かと待っているようだった。

「ちょっと、たのんでいい？」

家のほうから、お母さんの声がした。玄関《げんかん》から出てきて、手招《てまね》きしている。

「お父さんと裕太《ゆうた》をさがしてきてくれない？　もうすぐお昼なのに、ちっとももどってこないんだもん」

「スマホは？」

「それが、もっていってないの。河原《かわら》にいるから、お願い」

工場のおじさんたちから話をきいたあと、お父さんと目をあわせることもできなかった。直接《ちょくせつ》ききたいけれど、どう話を切りだしていいかわからなくて……。

「琴葉《ことは》！」

お母さんの声をききつけたのか、T《ティー》シャツにジーンズ姿《すがた》の天馬が、スニーカーをつっかけながら出てきた。

「オレもいっしょにさがしに行く」

そういってくれて、ほっとした。天馬も、お父さんと話す機会をうかがっていたのかもしれない。

工場から十分くらいのところに、大きな川がある。河原《かわら》には、野球場やテニスコートや広場があって、川沿《かわぞ》いはマラソンコースにもなっている。

あたしと天馬は土手を歩きながら、お父さんと裕太《ゆうた》をさがした。

鉄橋を走る電車が、おもちゃのように小さく見える。

川の向こうには別の町があって、蜃気楼《しんきろう》のようにゆれて見えた。こちらはモノ作りの町だけど、あちら側はどうなっているんだろう。

「あ、いた」

天馬が指差したほうを見ると、裕太とお父さんがしゃがみこんでいた。

「何をしているのかな」

土手を下りていくと、裕太が「発射準備完了《はっしゃじゅんびかんりょう》！」とさけんだ。

「ご、よん、さん、に、いち、発射！」

プシュッと音がして、勢《いきお》いよく何かがとんだ。

「お姉ちゃん！　天兄ちゃん！」

裕太《ゆうた》が、うれしそうにかけよってくる。

「何をしてるの？」

「ロケットをとばしているんだよ」

「ロケット？」

裕太が走って、とんでいったものを回収してきた。それは、ペットボトルで作ったロケットだった。

「お父さんが作ってくれたんだ！」

そういいながら、裕太が胸《むね》をはる。

木材《もくざい》で作った発射台《はっしゃだい》に、空気を入れるポンプがつながれている。ペットボトルロケットはきいたことがあるけれど、見るのははじめてだ。

「へぇ、いつのまに」

お父さんなら、こんなものを作るくらい朝飯前だろうけど。

「オレ、もう一度見たい」

天馬のリクエストに、お父さんもまんざらではなさそうな顔をして、もう一度ロケットをセットした。水を入れて、ポンプでシュコシュコと空気を送る。その空気圧《くうきあつ》でとぶ仕掛《しか》けのようだ。

裕太《ゆうた》がカウントして「発射《はっしゃ》！」というと、水をとばしながら、プシュッと勢《いきお》いよく空にとんでいく。なかなか本格的《ほんかくてき》だと感心した。

「お父さん」

「ん？」

お父さんがふりむいた。心の準備《じゅんび》も何もないけれど、きくなら今しかないと思った。

「もし、ミサイルじゃなくて、宇宙《うちゅう》にとばすためのロケットだったら、注文を受けていた？」

「……そうだな」

お父さんは、どうして知っているんだとか、だれにきいたんだとかいわずに、いきなりの質問《しつもん》にうろたえもしない。

「みんながよろこぶものだったら、うちはなんでもひきうける」

「それが、お父さんのプライド？」

お父さんはちょっと眉《まゆ》をあげ、意外そうな顔であたしを見た。そして、「ああ」とうなずいた。

「でもっ」

天馬が、せっぱつまったような勢《いきお》いでわってはいった。

「ほかの工場では作っているのに、どうして……」

裕太《ゆうた》が、知らない子たちと走りまわっているのが遠くに見えた。

お父さんは咳払《せきばら》いをひとつすると、腹《はら》をくくったように、草むらにどっかりとすわりこんだ。あたしと天馬も、つられるようにその前にすわった。

お父さんがこんなふうに、きちんとむきあってくれるのはめずらしい。何かわからないけれど、大事なことをいわれそうで身がまえた。

「それが、佐々川精密《ささがわせいみつ》工業の信念だからだ」

思わず、「え？」とききかえす。

「工場をはじめたのは、じいちゃんだってことは知っているな？」

お父さんにきかれて、あたしはうなずいた。お父さんにとってのおじいちゃんは、あたしにとってのひいおじいちゃんに当たる。

「はじめは、もっと小さな工場で、洗面器《せんめんき》ややかんを作っていた。人が使ってよろこんでくれる、日用品を作るのが好きだったんだ。それなのに戦争がはじまると、国の命令で、計器や無線機の部品、大砲《たいほう》の弾《たま》なんかを無理やり作らされたそうだ」

「無理やり？」

「ああ。断《ことわ》れば、国につかまり、拷問《ごうもん》される。それまで仲間《なかま》だと思っていた職人《しょくにん》たちからも、国賊《こくぞく》といわれ、家族にまで石を投げられる。そういう時代だった」

淡々《たんたん》とした言い方に、背中《せなか》がひやっとした。

「じいちゃんは、職人としての魂《たましい》をけがされてつらかったと、子どものオレの前で泣いたんだ」

ひいおじいちゃんが、そんな思いをしていたなんて……。

「職人は、人の役に立つ仕事をする人間だと、じいちゃんはいってた」

お父さんの言葉を、ひとつものがすまいとするように、天馬は真剣《しんけん》な顔できいている。

「そのことが忘《わす》れられなかったから、先生のおかげで工場を継《つ》がずにすんだあとも、オレはずっと迷《まよ》っていた。それで大学を休んで、日本をとびだしたんだ。当時は、バックパックをかついで、海外に行くのが流行《はや》っててな」

お父さんが海外に？　そんなの初耳だ。

「いろんな国に行った。まずしい国も豊《ゆた》かな国も、争いのある国も平和な国もあった。でも、どんなところにも、かならず人が使うための道具があり、それを作る職人《しょくにん》がいた」

お父さんは思いだすように、一点を見つめた。

「人の手は、なんでも生みだすことができると知った。だったらオレは、じいちゃんの思いを継《つ》いで、人のよろこぶものだけを作ろうと思った」

それで……工場を継ぐ決心をしたんだ。

「町工場は、時代をうつす鏡だ。注文の内容によって、世の中の動きが見えてくる。日用品が求められているうちはいい。技術《ぎじゅつ》の進歩のための精密《せいみつ》機器だって、悪くない。しかし……」

お父さんの太い眉《まゆ》が、きゅっと上がる。

「武器《ぶき》の注文がふえるなんていうことは……あってはならないことだ」

しぼりだすようなお父さんの言葉が、あたしの胸《むね》をついた。

こうしているあいだにも、世界のどこかで、紛争《ふんそう》や対立が起きている。

ひいおじいちゃんが知ったら、どんなに悲しむだろう。

あたしは目をそむけ、何もせず、何も知ろうとせず、ただおびえているだけでいいんだろうか……。

「もしかしたら、ばあちゃんも……いやな空気を感じて、不安だったのかな」

天馬が、ぽつりといった。

裕太《ゆうた》が子どもたちともどってきて、「お父さん、もう一度！」と、ロケットの発射《はっしゃ》をせがんだ。

「よし」と、お父さんが発射台に、ペットボトルをセットする。

そこにいる全員で、カウントダウンがはじまった。

「ごー、よん、さん、にー、いち！」

「発射！」

ロケットが、高く、高く、とんでいく。

青いシーツをぴんっとはったような、一点のくもりもない空にむかって。

子どもたちが、キャッキャキャッキャと、歓声《かんせい》を上げて笑った。

# 10 無《む》言《ごん》館《かん》

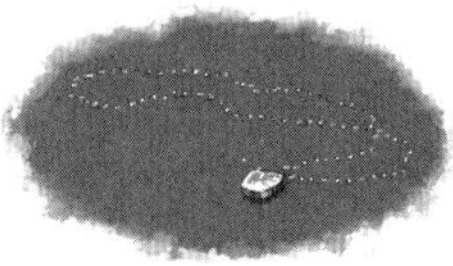

その夜、さよりに電話した。とりとめのない話をしたあと、あたしは切りだした。

「美術部《びじゅつぶ》の高森先輩《たかもりせんぱい》がいってた美術館、なんて名前だっけ」

「高森先輩？」

さよりが、あわてたようにききかえす。

「何よ、いきなり。無言館《むごんかん》のこと？」

「ああ、そうだ、無言館。ありがとう」

電話を切ろうとしたら、「ちょっと」とよびとめられた。

「理由も話さないなんて」といわれ、それもそうかと手短に話した。

「そうなんだ……この町の工場《こうば》で、そんなこと」

さよりも、ショックを受けている。

あたしは、ひいおじいちゃんやお父さんの思い、そして、天馬《てんま》のおばあちゃんの気持ちをもっと知りたいと思った。そのためには、戦争のことを、教科書で習う遠いできごととしてではなく、実感として知りたい。そう思ったとき、さよりがいっていた無言館《むごんかん》のことを思いだした。

戦時中の画学生《ががくせい》……絵を描《か》いていた学生とは、まさに今のあたしと同じ立場だ。

「実はね、美術部《びじゅつぶ》の有志《ゆうし》で、夏休みに無言館に行こうっていう話が出ていたの。みんなで行かない？」

「え……でも」

大勢《おおぜい》で、ワイワイ行くような気にはなれなかった。

「みんなだって無関係なことじゃないし、無言館って、長野県《ながのけん》にあるんだよ。琴葉《ことは》、ひとりで行けるの？」

そういわれると、自信がない。

「そうだ、天馬くんも誘《さそ》ってみない？」

「天馬も？」

声のトーンが高くなる。

「天馬くんだって、ショックだったんでしょう？」

さよりにいわれて、天馬は、あたし以上に気になっているんじゃないかと思った。ひとりじゃ誘《さそ》いづらいけれど、さよりたちもいるなら……。

いうだけいってみようか、という気になった。

「わかった」

「じゃあ、わたしは美術部《びじゅつぶ》の子たちに声をかけるね」

さよりは、そういって電話を切った。

戦争と絵画。

絵画なら、身近なこととして感じられる。教科書に書かれていることとはちがう何かを、見つけることができるかもしれない。

あたしは、天馬の部屋のドアをノックした。

次の日、あたしと天馬は朝早く家を出て、駅でさよりたちと待ちあわせた。

駅に着くと、急だったにもかかわらず、さよりのほかに五人の女子と、四人の男子がいた。みんな、暇《ひま》をもてあましていたようだ。

「暗い絵ばっかりだったらどうしよう」

そんなはしゃぎ声に、美術室《びじゅつしつ》で戦争のことを話していた子たちだと気づき、少し気がめいった。

さよりは、天馬を「付きそいの人」といって、みんなに紹介《しょうかい》した。

それほど年はかわらないけれど、働いているせいか、やはり天馬は大人に見える。

お母さんとお父さんには、さよりや美術部の子たちと、絵を見に行くと伝えた。

天馬を誘《さそ》ったとき、「オレも社長の話をきいて、もっと知りたいと思っていたところなんだ」といわれた。

無言館《むごんかん》には、戦争で徴兵《ちょうへい》され亡《な》くなった、美術学校の画学生《ががくせい》たちののこした絵が飾《かざ》られているという。

天馬のおばあちゃんは、父親を戦争で亡くし、石ころにされてしまった。

ひいおじいちゃんは、作りたいものを作る自由をうばわれた。

無言館の画学生たちは、いったい、どんな目にあったのだろう……。

東京駅から北陸新幹線《ほくりくしんかんせん》に乗り、上田《うえだ》という駅でおりる。ワンマン電車に乗って、塩田町《しおだまち》という小さな駅に着くと、駅前からシャトルバスに乗った。

バスは、住宅街《じゅうたくがい》や田畑をぬけ、山にむかってのぼっていく。

やがて、山の中腹《ちゅうふく》にある駐車場《ちゅうしゃじょう》に、バスは停《と》まった。

バスをおりて、「わあっ」と声が上がった。あたしたちの住む町とは、まるでちがう。視界《しかい》が開け、眼下《がんか》に田畑や家々が見える。晩夏《ばんか》の山は、少しくすんだ緑色におおわれていた。からりとかわいた風はさわやかで、東京よりひと足先におとずれている、秋の気配を感じる。

整備《せいび》された山の斜面《しゃめん》は芝生《しばふ》になっていて、遊具のある公園があった。黄色い帽子《ぼうし》をかぶった園児たちが、キャアキャアと遊んでいる。

そこから山をのぼっていくと、「無言館《むごんかん》」という看板《かんばん》が目に入った。さらにのぼって、木漏《こも》れ日《び》がゆれる、石畳《いしだたみ》の道にたどりつく。

そして目の前に現《あらわ》れたのは、予想外に質素《しっそ》な建物だった。美術館《びじゅつかん》というイメージからは、ほど遠い。モダンでも豪華《ごうか》でもない、コンクリートがむき出しになった、飾《かざ》り気《け》のない建物だ。

あたしたちは、建物の前でひるみそうになった。入り口には受付も料金所もなく、ただ木の扉《とびら》があるだけ。入っていいかどうかもわからない。

「行こう」

天馬が先頭に立つと、あたしたちはその後ろにかくれるように、木の扉《とびら》をくぐった。

入ったとたん、凜《りん》とした静寂《せいじゃく》につつまれる。古い家のような、ほこりっぽいにおいがした。

中はうす暗く、高い天井から、絵を見るのにこまらない程度《ていど》のやわらかい照明がさしている。ぽつりぽつりといる人は、ただ絵の前に立ち、じっと見つめていた。絵を見るとき、だれもが無言になるから「無言館《むごんかん》」なのだと、説明にあったとおりだ。

そんな空気につつまれて、あたしたちもだまって、端《はし》から順に絵を見ていく。それらの絵は、あたしの予想とはまるでちがっていた。

戦時中なのだから、だれかがいったように、もっと暗くて悲しみにあふれたような絵ばかりだろうと思っていたのに……。

明るい色づかい。人物の表情《ひょうじょう》は生き生きしているし、風景はのんびりとして美しい。どこにでもある、日常《にちじょう》の一瞬《いっしゅん》を切りとったような絵ばかりだ。

なんだ……と、息をついた。のどかな風景画に、笑みがこぼれそうになる。

そばには、作者の名前、生年月日、生まれた場所、どうやって絵を学んだかということなんかが書かれていた。しかし……。

満州《まんしゅう》（現・中国東北地方）において戦死《せんし》。

享年《きょうねん》二十一歳《さい》。

それは、あまりにさりげなく書かれていて、一瞬《いっしゅん》、なんのことかわからなかった。

胸《むね》が苦しくなって、うまく息ができない。

描《か》いた絵と同時に見ると、たしかにその人は実在《じつざい》し、戦争の犠牲《ぎせい》になったのだと、はっきりと思いしらされた。

家族、きれいな植物、美しい景色《けしき》……。

ほかの絵も、あたしたちが見ているものと何もかわらない。

よろこびや悲しみ、あたたかい気持ちや孤独《こどく》、そして、必死に生きる日常《にちじょう》。

ただひとつ、ちがうのは、戦争があったということ。

ある日突然《とつぜん》筆《ふで》をすて、銃《じゅう》をもつことを強いられたことだ。筆をもっていたその手で、人なんか殺したくなかったはずなのに。

この絵が最後だと、覚悟《かくご》した人もいた。

帰ってから、続きを描こうと思っていた人もいた。

戦地から家族にあてて絵葉書を送り、描く紙がなくなると、紙くずをひろって描きつづけたというエピソードも書かれていた。

それほどまでに絵を描《か》きたかったのに、その自由をうばわれたなんて……。

みんなが出口にむかう中、天馬が、ある絵の前で動きを止めた。

その視線《しせん》の先にあるのは……母親だろうか。やさしいまなざしで、縫《ぬ》いものをしている。

天馬は時が止まったように、その絵を見つめていた。

お母さんのことを思いだしているのかもしれない。

戦争は終わったのに、戦争のせいで、お母さんとはなれることになるなんて。

天馬がどこかに行ってしまいそうで、その手をつかんだ。

天馬の指先は、おどろくほど冷たくて……。

ほの暗い明かりにかくされて、あたしたちの手が、からみあった。

トクン、トクンと、胸《むね》が高なる。

あたしは、この手が好きだ。

モノ作りが好きで、やさしい手。

この手でだれかを傷《きず》つけるなんて、できるはずがない。

天馬の冷たかった指先に、少しずつぬくもりがもどり、ほっとした。

やがて、出口から外に出る。

顔を上げ、まぶしいほどの日の光を全身で受けとめた。

小鳥のさえずり、葉がこすれあう音、肌《はだ》にふれる風、すべてに平和を感じる。

生命《いのち》があふれている。

戦争のときも、同じように光はふりそそいでいたはずなのに……。

あたしたちは、しばらく放心したように、林の中の木のベンチにすわった。

「みんな、もっともっと、絵を描《か》きたかっただろうね」

さよりが、ぽつりとつぶやく。

「うん……。わたし、戦争なんて、自分には関係ないと思ってたけど、時代がちがってたら……」

ほかの子もいった。

「なんか不思議。戦時中の絵なんて、もっとぜんぜんちがうと思ってたのに」

「そうだよね。わたしたちと同じような絵の具を使って、同じような色づかいで……景色《けしき》や家族も、今と少しもかわらなくて」

みんな、同じことを感じていたようだ。

授業の中で習った、日中戦争や太平洋戦争を思いだす。満州事変《まんしゅうじへん》や盧溝橋事件《ろこうきょうじけん》も、テストのために勉強した、教科書の中の知識《ちしき》しかない。そこには、自分たちとはまったくちがう日常《にちじょう》があるような気がしていた。

でも……そうじゃない。

あたしたちと同じ日常や、夢《ゆめ》や、家族を、突然《とつぜん》戦争にうばわれたのだ。

「男は、徴兵《ちょうへい》されたんだよな……。十代でも」

男子の中のひとりが、うつむきながらいう。

「絵を描《か》いてるようなヤツが、人なんて殺せるかよ」

「無駄死《むだじ》にだよな」

「死ぬの覚悟《かくご》で、戦争なんて行きたくないよね」

「でも、そんなこといったら、国につかまるんでしょう？」

「ひでーよな」

みんなが、口々にいった。

戦地に行くほうも、見送るほうも、どちらもどんな気持ちだったのか……考えると、胸《むね》がしめつけられる。

もし、家族や知り合いが徴兵《ちょうへい》されたら……あたしはすがりついてでも、止めたいと思うだろう。でも、当時はいやがることはもちろん、悲しむことさえ許《ゆる》されなかったという。感情《かんじょう》さえもおしころさなければいけないというのは、人間であることをすてるようなものじゃないだろうか。

天馬のおばあちゃんの父親が、石ころにされてしまったように。

「あの、母親の絵を描《か》いた人……はなれたくなかっただろうな」

天馬の声に、みんなが顔を上げた。

「そういえば、女の人の絵が多かったね」

さよりが眉《まゆ》をよせる。自画像《じがぞう》や風景画もあったけれど、なぜか女性《じょせい》の絵が多かった。それは、母親だったり、恋人だったり……。

「最期《さいご》に描きたいと思ったのは……愛する人の絵だったんじゃないかな」

天馬の言葉にはっとした。

きっと、そうだ。

絵を描く自由も、生きる自由も、うばわれた。だからせめて、最期に愛する人の絵を描きたい。あたしには、その気持ちが痛《いた》いほどわかった。

「わたし……」

小さな、かすれた声がした。

「戦争なんて興味《きょうみ》ないって、いっちゃった。自分には、関係ないと思って」

さよりが、その子の肩《かた》に手をかけた。

「わたしだって、そう思ってたよ」

あたしたちは、そろって無言館《むごんかん》をふりかえった。

墓石《ぼせき》のように、しずかにたたずんでいる。

画学生《がかくせい》らの魂《たましい》が、コンクリートの中で、生きつづけているように見えた。


第二展示館《てんじかん》をまわって出口にむかうと、中庭に面した大きな窓《まど》から、日の光がさしこんでいた。明るく照らされた窓辺のテーブルに、ノートが何冊《なんさつ》もおいてある。

「なんだろう」

あたしはノートを手にとって、ぱらぱらとめくった。

鉛筆《えんぴつ》やペンで書かれた、さまざまな書体の文字が、目にとびこんでくる。

――北海道から来て、感動しました。

――戦争はいやだ。

――平和がつづきますように……。

全国各地から、無言館《むごんかん》をおとずれた人の感想や率直《そっちょく》な思いが、切々と記されていた。ひと言《こと》だけの人もいれば、何ページ分も使ってぎっしりと書いている人もいる。ただのノートなのに、思いの分だけ、ずっしりとした重さを感じた。

その中に、すずやかな筆跡《ひっせき》でつづられた一文を見つけた。

「わたしは、美術科《びじゅつか》のある高校に通っています」と書かれている。

「これ……」

あたしが指さすと、さよりやみんながのぞきこんできた。それは、十六歳《さい》の女の子が書きしるした言葉だった。

――わたしは戦争を知りません。「二度と戦争をしてはいけない」「世界から争いをなくしたい」と思っても、何もできない無力な人間です。

あたしが思っていたことが、そのまま言葉にされているようだった。

——画学生《ががくせい》の絵は、どれもすばらしく、もっと見たかった。彼《かれ》らに生きつづけてほしかった。でも、今のわたしにできるのは、絵を描《か》くことだけです。

かつて、彼らがそう願ったように、絵を描きたい。一生、描きつづけたい。

その夢《ゆめ》をかなえるために、わたしは筆《ふで》をにぎりつづけたいと思います。

みんなで、それを見つめた。気負いのない気持ちが伝わってくる。この子は無言館《むごんかん》に来て、絵を描きつづけようと心に決めたんだ。

「オレも、ノートに何か、書こうかな……」

「わたしも……」

まだ何も書かれていない、新しいページを開く。

——みんなが平和を望んでいるはずなのに、どうして戦争が起こるんだろう。

——絵を描《か》けるのは、平和のおかげと知りました。

——戦争なんかで死にたくない！　生きて、生きて、生きぬいてやる！

女の子の言葉に勇気づけられるように、それぞれの思いをノートに書きこんでいった。口に出していうのははずかしいけれど、ノートになら、素直《すなお》に書ける気がする。

天馬が、ペンをとった。

——世界から憎《にく》しみを消したい。消さなくちゃいけない。オレ自身からも、

書いている途中《とちゅう》でペンをおき、天馬が背中《せなか》をむけた。

あたしもペンをとる。

何を書こう。

自分が平和のために何かできるなんて、とても思えない。さっきの子と同じだ。で

も……あの子は、あきらめたわけじゃない。自分にできることで、平和を考えつづけようとしている。自分の魂《たましい》を守ろうとしている。

だったら、あたしも……。

——あたしにできることを見つけたい。平和な未来につなげるために。

さよりの手が、あたしの背中《せなか》にふれる。

「わたしたち、書いたことは守らないとね」

それが、今のあたしたちにできること。

目を閉《と》じると、無言館《むごんかん》の画学生《ががくせい》たちと同じ景色《けしき》が見える気がした。

明後日《あさって》から、また工場《こうば》が再開するという日の夜。

「ごちそうさまでした」と箸《はし》をおくと、天馬が座布団《ざぶとん》をはずし、いきなり両手を畳《たたみ》についた。

「社長、専務《せんむ》、お願いがありますっ」

思いつめたように、天馬が頭を下げる。

「オレ、家に帰ろうと思います」

あたしは、思わず箸《はし》を落とした。

「ばあちゃんには会わないと、一度は決めたけど……。オレ、今会わなかったら、一生後《こう》悔《かい》すると思うんです」

「そんな……」

天馬の言葉に、あたしはうろたえた。でも、お父さんとお母さんは手を止めて、じっと耳をかたむけている。

「ばあちゃんは戦争のせいで、ずっと憎《にく》しみをかかえつづけてきました。それを母さんにぶつけたことは許《ゆる》せないけど……でも、オレにはわかるから。憎むってことが、どれほどつらくて、苦しいことか」

天馬……おばあちゃんとお父さんを憎んだから、そのつらさがわかるというの？

あたしたちは無言館《むごんかん》で、戦争を知った。戦争は、多くの人の命をうばい、不幸や憎しみを生んだ。それが何十年たった今も、つづいているなんて……。

「憎しみをぶつけても、新たな憎しみを生むだけです。だから……だれかが終わらせないと」

天馬が、無言館《むごんかん》のノートにのこした言葉を思いだした。

「戦争さえなかったら、ばあちゃんだって、母さんにあんなことはしなかったはず。オレたちは、もっとしあわせな家族になれたんじゃないかって……。そのことをだれかがいってあげないと、ばあちゃんは、憎《にく》しみをかかえたまま死んでしまうことになるから」

天馬のひざの上のこぶしに、涙《なみだ》が落ちた。

——世界から憎しみを消したい。消さなくちゃいけない。オレ自身からも、

あれは、そういう意味だったんだ。世界から憎しみを消すために、まずは自分からという……天馬の決意。

「オレも……終わりにしたいんです。だれかを憎んだり、うらんだりすること。この先ずっと、こんなものをかかえて生きるのは……」

胸《むね》が痛《いた》い。えぐられるように痛い。天馬を手放したくないけれど、天馬を楽にしてあげたい。

「天馬」

お父さんが、ゆっくりと口を開いた。

「この二年間、よくがんばった」

お母さんも目頭をおさえている。

「天馬は自分で考え、その答えを選んだんだ。自分を信じて行動すればいい」

天馬が顔を上げた。

「でも迷《まよ》ったときは、いつでもいいなさい。うちはこれからも、ずっと天馬の家族だから」

「そうよ、天馬くん」

「天兄ちゃん、がんばって」

お父さん、お母さん、裕太《ゆうた》が口々にいうけれど……。

あたしは、何もいえずにうつむいた。

「ありがとうございます」

天馬はもう一度、深く頭を下げた。

次の日の朝、あたしはしずまりかえった工場で、スケッチブックを開いた。

天馬の働く姿《すがた》を思いうかべながら、鉛筆《えんぴつ》をすべらせる。でも思うようにいかなくて、何度も描《か》きなおした。

そのとき、工場の扉《とびら》が開いた。

「……天馬」

「あ、琴葉もいたんだ」

そういって、照れたように入ってくる。

「明日帰るから、工場を見ておきたくて。琴葉は？」

「えっと……。お父さんの話をきいて、あたしも工場に興味《きょうみ》が出てきたし……コンクールに出す絵でも、描こうかなって」

「へぇ。そういえばオレ、琴葉の絵って見たことないなぁ」

「い、いいよ、見なくて」

あたしはあわててスケッチブックを閉《と》じた。とても天馬に見せられるものじゃない。

「ちょっと、機械を動かしてもいいかな？　じゃましないから」

作業着を着ているから、最初からそのつもりだったのだろう。天馬は工場の中をゆっくりと歩いた。そして、一台の機械の前で立ちどまる。

「これがいいな」

そういって、スクラップ置き場の端材《はざい》の中から金属《きんぞく》をとりだした。

ハンドルを回し、金属を固定する。スイッチを入れると、低いモーター音が鳴って、金属がまわりはじめた。

天馬の顔つきがかわる。

まわりの空気が、ぴんっとはりつめた。

キュイィィーンと音がして、金属の形がかわっていく。

あたしはとっさにスケッチブックを開くと、夢中《むちゅう》で手を動かしはじめた。

あたしと天馬が、同じ時間に生きている。

この大切な瞬間《しゅんかん》を、ひとつものがさず、絵の中に閉《と》じこめたい。

無言館《むごんかん》の人たちも、きっとこんな気持ちだったのだろう。好きな人だけを見つめ、好きな人のことだけを考えている時間は……とてもしあわせだった。

やがて機械音がやんだとき、あたしもデッサンを終えた。

「琴葉も、またやってみるか？」

「え……。いいの？」

天馬が場所をあけてくれる。

機械にふれると、ひんやりした感触《かんしょく》が伝わってきた。

スイッチを入れ、機械がブルッとふるえはじめる。

「ここをもって」

軍手をつけて工具をもつと、天馬が背中《せなか》にまわって手をそえてくれた。

するどい金属音《きんぞくおん》がして、指先に手ごたえを感じる。

金属から発せられる音と、身体に伝わってくる感触と、指先の感覚。

金属と対話をしながら仕上げていく。


——これが、職人《しょくにん》の技《わざ》なんだ。


ふいに、遠い記憶《きおく》がよみがえった。

工場見学で、機械をさわったときに、思いだしかけたこと。

あのとき、誇《ほこ》らしげにそう語っていたのは……。

あの日も、あたしはミサイルにおびえて、不安で、不安で、工場にかけこんだ。

「お父さん、あたしこわい。戦争になったらどうしよう。みんな死んじゃったら……」

泣きながら訴《うった》えるあたしの頭に、お父さんの大きなてのひらが乗った。

「そんなことにはならないよ」

「え？」

どうして？　と、涙《なみだ》がひっこんだ。

「日本は昔、戦争でたくさんの人が死に、たくさんの人が不幸になった。だから、同じ失敗をくりかえさないために、どうしたと思う？」

きかれて、あたしは首をふった。

「戦争をしないと決めたんだ」

戦争をしない……。

そのとき、からみついていた不安から、ふっと解《と》きはなたれた気がした。

「戦争をしない」というのは、とてもシンプルだけど、どんな言葉よりも力強く思える。

だから、それが日本から、世界中に広がっていったらいいな……と、あたしは本気で思った。

それからお父さんは「機械にさわってみるか？」といって、あたしをだきかかえ、背中《せなか》から手をそえてくれた。

金属《きんぞく》をたくみにあやつるお父さんにつつみこまれて、あたしの心は、少しずつ落ち着きをとりもどしていった。

「すごいね」

「これが、職人《しょくにん》の技《わざ》なんだ」

そんなお父さんが、たのもしくて好きだった。

でも、今は……。

背中《せなか》に、天馬の熱を感じる。指先に天馬の力が加わるたびに、あたしの鼓動《こどう》も速さをました。

「ねえ、天馬」

「ん？」

この機械が止まったら、きっとあたしの勇気も止まってしまう。

「あたし……あたしね」

トクトクとなる心臓《しんぞう》の音が、伝わってしまいそうだった。おさえきれない思いが、口からこぼれでる。

「天馬が、好き」

そのとき、キュキュキュッという金属音《きんぞくおん》が、ひときわ高く鳴りひびいた。

「ごめん……何？」

機械を止めながら、天馬がこちらを見る。

あたしは気づかれないように、小さな息をひとつはいた。

「……早く、帰ってきて」

そういってから、あわててつけたす。

「八月の最後の日曜日に、花火大会があるじゃない？　いっしょに行こうよ」

ごまかすように、笑っていった。

「ああ……。うん、いいよ。行こう」

よかった。期限《きげん》つきなら、待てそうな気がした。

「今日は、ありがとな」

背中《せなか》から天馬のぬくもりが消え、あたしの頭にぽんっと手が乗せられた。

天馬はまだやりたりないというように、端材《はざい》をさがし、それを機械にセットした。

高い金属音《きんぞくおん》が、工場に鳴りひびく。

機械の音も、油のにおいも、お父さんの背中《せなか》もきらいだった。

でも……天馬のおかげで、好きになれそうな気がする。

「ありがとう」

あたしは、もう一度、とどかない思いをつぶやいた。

# 11 春光

またいそがしい日常《にちじょう》が、何ごともなかったように動きだす。

天馬《てんま》は、いつ帰ってくるとはいわずに出ていった。

もしかしたら、次の日には帰ってくるかもしれないと思ったけれど、天馬は帰ってこなかった。

次の日も、その次の日も。

待ちつづけてしまうのがいやで、あたしは絵を描《か》いた。

絵を描いているあいだは、天馬とむきあうことができる。ずっといっしょにいられる。

天馬を思いだしながら、ちがう、そうじゃないと、何度も描きなおした。

目を閉《と》じれば、作業着のしわのひとつひとつさえ、ありありと思いうかべることができる。

絵の中の天馬は、モノ作りを楽しみながら、とてもしあわせそうだった。

描《か》きおえたくなかった。手放すのがさびしくて、いつまでもしつこく直したけれど、とうとう手を加えるところがなくなったとき、あたしはそれをさよりに手わたした。

さよりは受けとると、「おっ」と目を見はった。

「いいじゃない。これ、天馬くんでしょう?」

「ぜんぜんよくないよ。ちっともうまくない」

思ったとおりに描けない、自分の力不足がもどかしかった。

「いったじゃない。うまい下手《へた》より、気持ちが大切なんだって」

意味深な顔でにやにやすると、さよりは肩《かた》で、トンッとあたしをついた。

「天馬くんと進展《しんてん》があったんだね」

「何よ、進展って……」

「ふたりの距離《きょり》がちぢまったって、この絵が語っているもん」

工場《こうば》でのできごとを思いだし、気持ちが沈《しず》みそうになる。

「別に、何もないよ。ただ、絵を描かせてもらっただけで……」

「そうなの?　でも、この絵からは、切ないほどの愛を感じるけどなぁ」

そうだとしたら、それはあたしからの一方的な愛だ。

あたしと天馬の距離《きょり》は、少しだけ近づき、大きく遠のいたのだから。

「そうだ、見て」

そういって、さよりが見せてくれたのは、無言館《むごんかん》に行った子たちの絵だった。

家族、子ども、風景、自然……。

どれもおだやかで美しく、無言館にあった絵のように、何気ない日常《にちじょう》を切りとったものばかりだった。

まるで、平和の祈《いの》りがきこえてくるようで……。

「ねぇ、文化祭のとき、美術部《びじゅつぶ》の展示《てんじ》をするじゃない？　そのテーマ、『平和』にしない？」

ふと思いついて提案《ていあん》すると、

「うん、それ、いいねぇ！　高森先輩《たかもりせんぱい》にも相談《そうだん》してみる」

と、さよりも目をかがやかせた。

あたしたちにできることは小さいけれど、それが大きな平和につながると信じたい。

あたしの絵の題名は、「未来を作る手」。

天馬が作るものは、未来そのものだ。そして今、天馬は自分で、自身の未来を切りひらこうとしている。


八月最後の日曜日が近づくと、あたしは落ち着きをなくした。

天馬は、いっしょに花火大会に行く約束を覚えているだろうか。

部活から帰るたびに、二階の廊下《ろうか》のつきあたりにある、天馬の部屋のドアを見た。

がっかりしたくないから、なるべくさりげなく、ちらっと見るだけ。それでも、ぴたりと閉《と》じられたドアを見るたびに落胆《らくたん》した。

いったい、いつまで天馬は家にいるつもりなんだろう。

まさか、いじめられてないだろうか。

閉じこめられてはいないだろうか。

花火大会は、明日だっていうのに……。

とぼとぼと家に帰ると、いつもの癖《くせ》で、通りから家の二階を見上げた。

え……。

息が止まる。天馬の部屋の窓《まど》が開いていた。

思わず走りだし、玄関《げんかん》で靴《くつ》をぬぎすて、階段《かいだん》をかけあがる。

廊下《ろうか》のつきあたりのドアが、少しだけ開《あ》いていた。

「天馬！」

笑顔で開けると……ドアの向こうはからっぽだった。顔がこわばり、身体中の力がぬける。

「琴葉《ことは》。天馬くん、さっきまで待ってたんだけど……」

追いかけてきたお母さんが、後ろに立っていた。気づかうように声をかけてくる。

「飛行機の時間があるからって、行っちゃったの」

「飛行機って……」

茫然《ぼうぜん》としながらたずねた。

「おばあちゃんともよく話したから、一度、お母さんのところに……中国に行ってくるって」

パスポート、とったんだ……。

「どうして、部屋が片《かた》づいているの」

机《つくえ》は端《はし》によせられ、きっちりとたたまれた布団《ふとん》は隅《すみ》においてある。もともと荷物は少なかったけれど、本も洋服もない。何もない。

「……天馬くんが片《かた》づけていった。中国から帰ったら、お父さんからもらったお金で、ひとり暮《ぐ》らしをはじめるって。それで、今後のことも考えたいって……」

いいながら、お母さんも涙《なみだ》ぐんでいた。

「うちのお父さんと、ほんとうのお父さんと相談して、そう決めたって。天馬くん、いろいろ乗りこえて、自分の道をさがしているのよ」

何もききたくない。いっそ、耳をふさいでしまいたかった。

「ね、元気出して。また、すぐに会えるから」

お母さんは自分にもいいきかせるようにして、あたしの肩《かた》に手をおくと、部屋を出ていった。

ひとり暮らし……今後のこと……。

あたしとの約束なんて、忘《わす》れているにちがいない。天馬の心まで遠いところに行ってしまった気がする。

カーテンをふくらませて、秋を感じさせる風がふわりと入ってきた。

カサカサという音に気づいてそちらを見ると、和紙のようなものが、畳《たたみ》の上で風にゆれていた。

——琴葉へ

天馬の筆圧《ひつあつ》の強い字が目に入る。うすい空色の和紙を手にとると、かすかに重みを感じた。さらりと音がして、中からチェーンがすべりでてくる。

ペンダント……？

チェーンの先には、しずくのような形の金属《きんぞく》がついていた。

おりたたまれていた和紙を、ていねいに開く。

琴葉へ

花火大会、いっしょに行けなくてごめん。

家に帰って、ばあちゃんの話をたくさんきいたし、オレもたくさん話した。

全部わかりあえたわけじゃないけれど、たがいにすべてをはきだしたら、少しだけ、家族になれた気がしたんだ。

ばあちゃんは、戦争のときの体験を、だれにも話せずにいた。

それなのに、母さんが来てから毎日思いだすようになって、苦しかったそうだ。

それをきいて、オレはやっと、父さんがいってた意味がわかった。

たとえ戦争が終わっても、ばあちゃんの受けた苦しみは、ずっとつづいてたんだ。

ばあちゃんにとって戦争は、決して終わることがない……。

それって、つらいよな。

だから、わけもわからずきらわれていると思いこんでいる母さんにも、事情《じじょう》を話したい。

そして、一日も早く楽になってほしい。

そうすれば、ばあちゃんも安心すると思うんだ。


ペンダントを花火大会のおわびにおいていくよ。

琴葉の「葉」の字をとって、葉っぱの形にしたつもりだけど、わかるかな。

人の笑顔のために、オレはものを作りたい。

そんな職人《しょくにん》になるためにに、どうすればいいか考えようと思う。

天馬

天馬は、ふりあげたこぶしを下ろすことができたんだ。

そしてその手で、おばあちゃんの手をとることができたんだ。

あたしは、ペンダントをてのひらにのせた。

銀色にかがやく金属《きんぞく》から、ひんやりとした感触《かんしょく》が伝わってくる。

それは、あたしが絵を描《か》いていたとき、天馬が端材《はざい》で作っていたものだ。

「葉っぱになんか、見えないよ……」

涙《なみだ》のしずくのように見えるそのペンダントをにぎりしめ、あたしは声をおしころして泣いた。


昼間の熱をのこしたまま、照明を落とすように、あたりが暗くなっていった。

川の流れる音が、コポコポとすずしげにきこえてくる。草むらでは、あちこちから虫の鳴き声がきこえてきた。

「琴葉ー、お待たせ」

さよりが、手をふりながら走ってきた。きちんと着つけた浴衣《ゆかた》も、裾《すそ》がはだけてだいなしだ。

河原《かわら》には、多くの人がつめかけていた。

ビールを片手《かたて》にもつ人、子どもを肩車《かたぐるま》している人、家族連れやカップル。さまざまな夜店もつらなって、人でごったがえしている。

「今年もまた、琴葉といっしょとはねぇ」

ため息まじりにいわれて、あたしはむっとした。

「あたしといっしょで悪かったね。だったら、高森先輩《たかもりせんぱい》を誘《さそ》えばよかったでしょ」

「先輩は、受験勉強でいそがしいし……付きあってるわけでもないし……」

さよりはうつむいて、不満そうにいった。そして顔を上げ、眉《まゆ》をよせる。

「琴葉こそ、そのうち天馬くんに会いに行けばいいじゃない」

「住所、知らないもん」

「親にきけばいいでしょう？」

「……ききたくない」

天馬からきいたわけでもないのに、おしかけるようなことはしたくなかった。

「ガンコなのは、お父さんゆずりかねぇ」

さよりが、あきれたように肩《かた》をすくめる。

「いっしょにしないでよ」

お父さんとは、仲《なか》よくなれるかもしれないと期待したけれど甘かった。あいかわらず無口でガンコなお父さんとは、やっぱりぶつかることも多くて、昨日《きのう》からまた口をきいていない。

「ま、平和だから、親子ゲンカもできるってことか」

さよりがいうと、ドンッとお腹《なか》に響《ひび》く音がして、夜空に大きな花がぱーっと咲《さ》いた。暗《くら》闇《やみ》の中に、ぱらぱらと散っていく。

「わぁ」

どよめきが起きて、見ている人たちの顔を照らし、笑顔をうかびあがらせた。

「きれいだね」

「うん」

いつもなら、はしゃぎまわるさよりが、言葉少ない。

「ひいおばあちゃんがいってたこと、思いだしちゃった。花火の音や光が焼《しょう》夷《い》弾《だん》のようで、みんなのように、素直《すなお》によろこべないのがつらいって」

それをきいて、天馬のおばあちゃんのことを思いだした。

おばあちゃんは、あんなに苦しめられた戦争を、みんながなかったことのようにして、すごしているのがつらかったんじゃないだろうか。だれにも話せず、いつまでも忘《わす》れられない自分だけが、ひとりとりのこされているようで……。

あたしは、空をあおいだ。

戦争の爪《つめ》あとは深い。

いつまでも、いろんな形で、人の記憶《きおく》に食いこんではなれない。

――人の笑顔のために、オレはものを作りたい。

天馬の言葉を思いだし、首もとにふれた。

「何、それ。ステキなペンダント」

さよりが目ざとく見つける。

「いいなぁ。どこで買ったの？」

しつこくきいてくるけれど、「ないしょ」といってごまかした。

パッとはじけた花火が、ぱらぱらと、はかなく消えていった。

それから冬になり、春が来て、あたしは受験生になった。

そのころになると、やっと工場にも注文がふえはじめ、活気がもどってきた。

裕太《ゆうた》は四年生になって、学童をやめて塾《じゅく》に通いはじめた。あたしよりもずっと成績《せいせき》がよくて、将来《しょうらい》は宇宙《うちゅう》科学や惑星探査《わくせいたんさ》に関する研究をするんだと意気込《いきご》んでいる。

去年の絵画コンクールで審査員《しんさいん》特別賞をもらったあたしは、さよりに誘《さそ》われて美術系《びじゅつけい》の学校に行くことも考えたけれど、やはりちがうと思いなおした。あの絵に魂《たましい》をこめることができたのは、天馬のおかげだったとわかっている。

だから、あたしは考えた。

今の自分に、何ができるのか、何をしたいのか。

まだわからないけれど、ひとつだけ作っておきたい選択肢《せんたくし》がある。

その高校は、今の実力ではむずかしいし、先生にもやめておけといわれた。友だちからは「記念受験？」なんて笑われたけど……。

あたしは本気だ。

天馬がひとり暮《ぐ》らしをしてがんばるというなら、あたしもがんばらなければ……いつか会ったときに、あわせる顔がない。

でも、いつかって、いつだろう。

天馬は今でも、その手で何かを作っているのだろうか。

＊

やわらかい風が、空気を桜色《さくらいろ》に染《そ》めている。

あたしは第一希望の高校に合格し、さよりは高森先輩《たかもりせんぱい》と同じ、美大附属《ふぞく》の高校に進学した。ふたりは付き合いはじめたようだけど、さよりから打ちあけてくるまで、だまっていようと思う。

あたしたちは、それぞれ一歩、ふみだした。

新しい制服《せいふく》に身をつつみ、気持ちがひきしまる。

もう高校生なんだから、入学式に親がついてくるなんてはずかしいといったのに、お母さんは朝からはりきって着物を着た。いつも仕事に追われ、めったに行事に参加しない、お父さんまでついてくるという。

あんなにサラリーマンの父親にあこがれていたのに、お父さんのスーツ姿《すがた》は似《に》あわなすぎて笑ってしまう。

「もう、ほんっとにいいのに。すぐに帰ってよね」

あたしは憎《にく》まれ口《ぐち》をききながら、玄関《げんかん》を出た。

工場の敷地《しきち》にある桜《さくら》も、よくがんばったと祝《いわ》うように、はなやかに咲《さ》いている。出勤《しゅっきん》してくる職人《しょくにん》さんたちに、「おめでとう」「あの琴ちゃんが、高校生かぁ」と、口々にいわれた。

「ありがとうございます」

照れ笑いをしながら、家族同然のみんなにお礼をいった。

いつまでも話しているお母さんたちを残し、「行ってきます」と、通りに出る。

ザザァッと、強い風が吹《ふ》いて、目を細めた。

桜の花びらが舞《ま》い、その向こうに人影《ひとかげ》を見つける。

トクンッと、心臓《しんぞう》がはねあがった。

「天馬……」

目の前に、天馬が立っていた。

見まちがえるはずはないけれど、信じられない。

あの目、あの鼻、あの口……。絵に描《か》いたときの記憶《きおく》があざやかによみがえる。

でも、何かがちがう。

髪《かみ》の毛《け》が短い？

少しやせた？

ちがう……。

「何、その格好《かっこう》」

一年半ぶりの第一声がこれとは、われながら情《なさ》けない。でも、そんな言葉しか出なかった。

作業着じゃない、紺色《こんいろ》のスーツだ。

「え、おかしいかな」

「そうじゃ、ないけど……」

まだ、何かがちがうという感覚がぬぐいきれない。

「どうしたの。急に、あらわれて……」

心の準備《じゅんび》ができていない。しかも、今から入学式だというのに。

「琴葉、高校入学おめでとう」

「は？」

「まさか、琴葉が条北《じょうほく》大学の附属《ふぞく》高校に合格するとはなぁ。すげぇ、がんばったんだな」

そういって、まぶしそうにあたしを見つめる。

「オレも、今日から大学生なんだ。条北大学の工学部」

え……。

「うそでしょう⁉」

思わず大きな声が出た。あまりのことに、思考がついていかない。

たまたま？　偶然《ぐうぜん》？

考えて、ああ、そうか、と気がついた。

お父さんを尊敬《そんけい》している天馬が、その出身校である条北大学を選ぶのは、不思議《ふしぎ》なことじゃない。工学部が有名なあの学校を、だから、あたしも選んだのだから。

「ほら、ふたりとも、遅刻《ちこく》するよ」

お母さんは、天馬が現《あらわ》れたことに驚《おどろ》きもせずせかした。

「ちょっと待ってよ。もしかして、お母さんたち知ってたの？」

「入学式、ふたりまとめてできるなんてよかった」

「天馬は、うちの家族だからな」

お母さんにつづいて、お父さんまでうなずいている。

「大学の校舎《こうしゃ》、高校の隣《となり》だろう？　オレも今日、入学式なんだ。大学の入学式に、親が来るってアリなのかな」

天馬が、照れくさそうにいう。

……まさか、それで？

だからお父さんとお母さん、こんなに気合《きあい》を入れたんだ……。

あたしは、キツネにつままれたような気分で、天馬とならんで歩きだした。

「ばあちゃん、思ったよりも長生きしてさ。余命《よめい》一か月っていわれてたのに、半年も生きたんだ」

「そう、なんだ」

「ばあちゃん、泣きながら、戦争のときのことをオレと父さんに話してくれた。あまりにひどくて、かわいそうで、オレたち三人で泣いたんだ。そしたら、ばあちゃんの苦しみも少し軽くなったみたいで。お腹《なか》の子が死んでしまったこと……とんでもないことをしたって、大泣きしてた。オレのことも……自分と同じように、孤児《こじ》にしてしまうところだったって、また泣いて……」

悲しみがこみあげてきて、あたしは目をしばたたかせた。

「でも、最期《さいご》は、おだやかな顔で笑ってた」

「そっか……」

天馬は、無言館《むごんかん》のノートに書いたとおり、自分の力で憎《にく》しみを終わらせた。

武器《ぶき》で戦うのではなく、言葉で、話すことで、憎しみを終わらせたんだ。

「母さんにそれを伝えたら、『わかった』っていってた。父さんとやりなおすつもりはないみたいだけど、ときどき日本に来てくれるって」

「うん、よかった」

すぐに理解《りかい》するのも、許《ゆる》すことも、かんたんではないかもしれない。でも、「わかった」という一歩から、前に進んでいけそうな気がする。

そのとき、会ったときから感じていた、違和感《いわかん》の原因《げんいん》がわかった。

天馬をつつむ、オーラのようなもの……印象が、がらりとかわっている。

憎しみやうらみをいっさいぬぎすてて、身軽になった天馬は……よりいっそう、ステキだった。

ずっと、会いたかった。

一日だって、忘《わす》れたことなんてない。

その天馬とこうして歩いていることが、夢《ゆめ》みたいで、足元がふわふわする。

「父さんが積みたててくれていたお金を使って、アパートでひとり暮《ぐ》らしをしているんだ。自炊《じすい》だってしてしているんだぜ」

得意そうに胸《むね》をはる天馬がおかしくて、クスッと笑う。

「一年間、猛勉強《もうべんきょう》して、高卒認定《にんてい》試験を受けた。それから、大学入試を受けて……」

今思えば、もとから優秀《ゆうしゅう》な天馬だから、それは当然のことかもしれない。でも、天馬がモノ作りからはなれるなんて想像《そうぞう》できなくて、今も知らない町の工場で働いているんじゃないかと、心のどこかで思っていた。

「オレ、工学部で勉強して、腕《うで》のいい職人《しょくにん》になるって決めたんだ」

それをきいて、ほっとする。やっぱり天馬はかわっていない。

「天馬なら、なれるよ」

人をしあわせにする、モノ作りができるはず。

「卒業したら、また佐々川精密《ささがわせいみつ》工業にお世話になるから、琴葉のためにもがんばるよ」

え……？

「あたしのためって、どういうこと？」

「だって、琴葉が工場を継《つ》ぐんだろう？　工場に興味《きょうみ》が出てきたって、いってたじゃないか」

「あ、あれは……」

いいかけて、言葉につまった。

天馬と機械にふれたとき、もっとやってみたいと思った。おもしろそうだと思った。だから、選択肢《せんたくし》をふやすために、お父さんの出身大学の附属《ふぞく》高校を選んだ。

でも、その先までは、まだ……。

「町工場《まちこうば》だからできることが、きっとある」

天馬の言葉が、あたしに力をあたえてくれる。勇気をくれる。

あたしは、ぐっと背《せ》すじをのばした。

佐々川《ささがわ》精密《せいみつ》工業を継ぐときは、ひいおじいちゃんのときからつづいている、その信念《しんねん》もひきつごう。

「あのとき……」

そういった天馬を見ると、なぜか首元が赤かった。

「工場で、告白してくれたよな」

目を見開いて、息が止まる。

あたしは、とっさにスカートのポケットをさぐった。

受験のときも、合格発表のときも、いつもお守りがわりにもっていた。天馬からもらったペンダントを、ぎゅっとにぎりしめる。

「オレ、あのときはまだ、琴葉の気持ちにこたえられる自信がなかったから……」

天馬の言葉に、身体中が熱くなる。その先をききたいような、ききたくないような気がした。後ろを歩く親のことも気になって、自然と足が速くなる。

「おい、待てよ。オレ……」

天馬が追いついてきて、ぐいっと腕《うで》をひかれた。

目と目があって、鼓動《こどう》が大きく打ちはじめる。

「いつか、琴葉といっしょに、人の役に立つものを、みんながよろこぶものを作りたい」

この手……。

あたしはこの手で、何かを生みだせるだろうか。

だれかと、手をとりあうことができるだろうか。

あの日、河原《かわら》で見た、青い空を見失わないように……天馬といっしょに、未来を生きたい。

あたしたちの未来は、このてのひらの中にある。

「行こう！」

あたしはその手で、天馬の手をにぎりしめた。

作　**工藤純子** くどうじゅんこ

東京都生まれ。2017年、『セカイの空がみえるまち』（講談社）で、第3回児童ペン賞少年小説賞を受賞。おもな作品に、「恋する和パティシエール」シリーズ、「ピンポンはねる」シリーズ、『モーグルビート！』（以上、ポプラ社）、「ミラクル☆キッチン」シリーズ（そうえん社）、『となりの火星人』『あした、また学校で』（以上、講談社）などがある。日本児童文学者協会会員。全国児童文学同人誌連絡会「季節風」同人。

画　**酒井以** さかいさね

イラストレーター。児童書の装画を手がけた作品に『わたしの苦手なあの子』（朝比奈蓉子・作）『かみさまにあいたい』（当原珠樹・作／以上、ポプラ社）がある。

てのひらに未来

2020年2月27日　初版第1刷発行
2022年5月14日　初版第3刷発行

作　工藤純子
画　酒井以
装幀　城所潤(JUN KIDOKORO DESIGN)

発行人　志村直人
発行所　株式会社くもん出版
〒141-8488 東京都品川区東五反田2-10-2　東五反田スクエア11F
電話　03-6836-0301(代表)
03-6836-0317(編集)
03-6836-0305(営業)
ホームページアドレス　https://www.kumonshuppan.com/
印刷　株式会社精興社

NDC913・くもん出版・208p・20cm・2020年・ISBN978-4-7743-3054-9


CD34602

## 創作児童文学

樫崎茜　画・杉山巧

### 星くずクライミング

中学生のあかりは、目の不自由な少年・昴と出会い、ブラインドクライミングを知る。ナビゲーターとクライマーがペアになり、ウォールを登るその競技で、嫌々ながらペアを組むことになった二人は……。

いとうみく　画・酒井駒子

### カーネーション

「あたしは、まだ母に愛されたいと思っている。いつか母は、あたしを愛してくれると信じている」児童文学の新風・いとうみくが描く、愛を知らない娘・日和の物語。